„Abenteurer sind oft einsam"

Eine Geschichte aus Blut und Wein, Glut und Schein.

Ein Kurzroman von Alex Haida

Inspiriert durch einen Freund Richard Groß

Illustrationen von Sophia Kirst

Cover und Gestaltung von Alex Haida & Clara Specht

Impressum:

Texte: © Copyright by Richard Groß
(richxgross@web.de)

Herstellung und Verlag:
BoD- Books on Demand
In de Tarpen 42
22848 Norderstedt
Deutschland

ISBN: 978-3-7519-1631-8

For my Princess Muse:
Because we have never climbed the peaks of the Alps.

Für die Familien Göbel, Wons und Pribilla:
Sorry, dass ich an Weihnachten nie da war.

Vorwort

Lieber Alex,

In meinen Augen war und ist das Beste an meinem kleinen Roman die Geschichten, die sich um die Geschichte selbst geschrieben haben. Ich sehe mich weniger als den Erschaffer einer besonderen Welt, sondern vielmehr als einen Vermittler zwischen verschiedenen Welten.

Diese Kanäle sind der größte Grund für mein Werk. Dass du jedoch auf einem dieser Wege dazu inspiriert wirst, dein ganz eigenes Buch zu schreiben, hätte ich im Traum nicht gedacht. Und umso mehr erstaunt es mich, dass dieser Traum in Erfüllung gegangen ist. *"Abenteurer sind oft einsam"* ist ein Ritterschlag, von dem ich nicht sicher bin, ob ich ihn verdiene.

Ich habe dir mal gesagt, dass man in seinen Zwanzigern ein Schiff oder ein Haus baut. Wir sind Schiffbauer. Und ich freue mich auf diese einmalige Reise. Und all die kommenden Geschichten.

Abenteuer sind oft einsam. Dieses ist es nicht.

In höchstem Respekt und tiefstem Dank,

Dein Freund,

Richard

4

Kapitel 1

"Möge der Tanz beginnen." sagte Biblimas leise zu sich selbst. Er blickte auf die Finger seiner linken Hand, die an den Saiten seiner Laute angelegt sind. Alles in Position und bereit zum Spiel, dachte er sich, als es langsam um ihn herum dunkler wurde.

"Seid gegrüßt, Falkenstein!", brüllte ein junger Mann hinter Biblimas.

Tilius, was wären wir nur ohne ihn, dachte sich Biblimas und musste schelmisch lächeln. Der Wagen, den Tilius führte, hatte jetzt das Tor durchquert und Biblimas befand sich zurück im Tageslicht. Entgegen der Fahrtrichtung und hinten im Wagen an der linken Seite der Ladekante sitzend, lässt er das linke Bein herunterbaumeln und schaukelt es dabei spielerisch hin und her. Das rechte Bein war angewinkelt und auf der Ladekante, sodass er seine Laute daran anlehnen konnte. Diese Position ließ ihn sicher sitzen, während der Wagen mit leisem Geschepper über die unebene Straße holperte. Seine rechte Hand begann eine langsame Melodie zu zupfen. Entspannt und noch immer lächelnd, blickte

Biblimas die erste Person an, die in sein Sichtfeld kam. Es war ein Mädchen, schon mehrere Winter erprobt, die mit ihren kräftigen Armen einen Korb trug, gefüllt mit den ersten roten Rüben des Jahres. Sie blickte mit ihren hellblauen Augen neugierig auf Biblimas, der nun mit tiefer und melodischer Stimme anfing zu singen:

"Von weit weg sind wir hergekommen!
Schon lange freun' wir uns auf heut'!"

Dann blickte Biblimas einen älteren Mann mit einem langen Gehstock an, der neben dem Mädchen stehen blieb. Der Mann blickte mürrisch auf ihn zurück, doch Biblimas sang fröhlich weiter:

„Wer auch immer du bist, wie auch immer du heißt,
heute Nacht sind wir alle gleich!"

Biblimas schwang sich nun von der Ladekante und landete sicher auf beiden Beinen. Seine Laute wurde von einem Gurt aus violettem Stoff um die Schulter getragen und war farblich abgestimmt mit seiner dunkelblauen Kluft. Er blickte nach links und auf eine kleine Gruppe von Maurern, die ihre Arbeit kurz unterbrachen, um den eintreffenden Tross aus mehreren Wägen zu beobachten.

„Eure Tage dauern viel zu lang!
Doch schon wieder ist ein Jahr vorbei!"

Während Biblimas zu den Arbeitern und Bauern sang, konnte er beobachten, wie seine Musik und sein Gesang die Stimmung der Leute hob. Die Bewohner von Falkenstein lächelten, lachten und erfreuten sich des Anblicks des Barden, an den sich noch einige erinnern vom großen Fest des letzten Frühlings. Als Teil des einkehrenden Trosses von Haron aus Kleiberneim, war diese Art von Besuch höchst willkommen auf der Burg. Biblimas schreitet nun neben dem Wagen her, während er sein Stück weiterspielte und sang:

> „Und noch einmal, nur für eine Nacht,
> werden wir wieder vergessen,
> was wir sonst immer sind!"

„Biblimas!!!" rief eine Frau hysterisch dazwischen. Er war sich nicht ganz sicher, wer denn seinen Namen rief und musste zugestehen, dass seine Erinnerung an das letzte Jahr ein paar Lücken aufwies. Wohl auch besser so, dachte sich Biblimas amüsiert und setzte sein Stück fort:

> „Kommt her ihr Trinker, ihr Krieger, Taugenichtse,
> meine Liebsten:
> Dieses Lied ist für euch!"

Biblimas war nun auf Höhe der Vorderseite des Wagens, wo neben Tilius ein weiterer Barde namens Friederich saß, der nun damit begann, das Stück von Biblimas mit einer tiefergestimmten Laute zu begleiten. Beide sangen zusammen:

„Heute gibt's keine Verlierer, heute werden alle satt
und Ratten speisen wie die Löwen!

Dann werden wir tanzen,
wie ein Teufel als Engel im Himmel für eine Nacht!"

Der Tross erreichte gemächlich den Platz neben dem Bergfried, wo sich eine Wagenburg formierte. Die Bewohner Falkensteins versammelten sich um diese Formierung und feierten die beiden Barden. Arm und Reich, Jung und Alt, Bewohner und Besucher, alle waren hier für das dreitägige Fest und folgten der Einladung von König Daniel, der nun aus dem Bergfried kam und Haron und seine Gefolgschaft willkommen hieß. Biblimas, der weiterhin die Melodie zupfte, während Friederich eine Soloeinlage vorspielte, beobachtete das Geschehen. Alle Figuren nahmen ihre Plätze ein oder verließen sie jetzt, sie folgten den Regeln oder brachen sie, aber alle ließen sie sich verführen.

Wir werden geben und nehmen, dachte sich Biblimas und richtete seinen Blick auf Tilius, der mit einer Hand noch die Zügel des Wagens und mit der anderen schon einen

Krug Met in die Höhe hielt. „Määääääähähähääää!!!" blökte Tilius wie ein wild gewordenes Schaf und prostete ihm zu. Biblimas zwinkerte zurück und blickte wieder auf das Volk und versuchte seine eigentliche Zielperson zu finden, als Friederich seine Einlage beendete und beide stimmten ein letztes Mal ein:

„Heute gibt's keine Verlierer, heute werden alle satt
und Ratten speisen wie die Löwen!

Dann werden wir tanzen,
wie ein Teufel als Engel im Himmel für eine Nacht!"

Das Volk war außer sich und der Adel ergötzte sich in dieser Flut der Begeisterung. Biblimas und Friederich verbeugten sich mit einem breiten Grinsen voreinander und dann vor dem Volk. Der Tanz hatte begonnen. Die Formierung der Wagenburg wurde abgeschlossen und die Ankömmlinge begannen zügig ihre Lager aufzustellen. Die ersten Krüge wurden mit Met gefüllt und man baute eine große Feuerstelle in der Mitte der Wagenburg auf, während der Adel sich in den Bergfried begab. Biblimas blickte über den Hof suchte weiter nach seinem Ziel und konnte sie doch recht einfach finden.

Es war ihr Anblick, der nicht zu verfehlen war: Sie saß auf einem stattlichen Schimmel und trug einen kunstvollen Zopf aus ihrem braunen Haar:

Prinzessin Justine.

Kapitel 2

„Also nochmal", sagte Zuzanna und zeigte auf Wilius.

„Ich bereite meine Jungs in der Küche auf die Nachspeise für die Wachen vor", sagte Wilius trocken, ohne dabei seine zuversichtliche Art zu verlieren.

„Was passiert mit der Wache?" fragte Zuzanna und richtete dann ihren langen Finger auf Tilius. Dieser nahm seinen Krug schnell von den Lippen und sagte: „Die sitzen im Scheißhaus, während ich die Juwelen stehle."

Zuzanna zögerte einen Augenblick, weil die Antwort schlampig vorgetragen wurde, aber dennoch präzise war. Dann zeigte sie auf Biblimas. „Und du?", fragte sie in einem befehlerischen Ton.

Biblimas schaute kurz in die Runde. Er und die drei anderen, die er als seine Gefährten bezeichnete, saßen im Küchenwagen von Wilius eng beieinander um einen kleinen Ecktisch. Draußen konnte man den Lärm der Burg hören und wie sich die Leute fleißig auf das große Fest vorbereiteten. Die meisten der Burgbewohner werden heute Abend nicht selbst im Festsaal des Königs feiern, aber waren zumindest als Diener, Putzen oder Köchen daran beteiligt. Sie alle hatten einen guten Grund, dem Adel etwas heimzuzahlen. Das machte es einfach, sie als Komplizen für den Plan von Zuzanna zu gewinnen, egal was man ihnen versprach. Biblimas schaute zurück auf Zuzanna und lächelte. „Ich spiele meine übliche Rolle", antwortete Biblimas selbstbewusst. Ihm war klar, dass die Antwort noch schlampiger war als die von Tilius.

„Lasse sie davon überzeugt sein, dass es ihre Idee ist, dich in ihre Gemächer einzuladen.", sagte sie zu ihm.

„'Bin schon fleißig dabei.", sagte Biblimas nickend.

Zuzanna erwiderte: „Die Prinzessin hat noch immer Misstrauen, weil du zu uns gehörst. Spätestens in der zweiten Nacht musst du ihre Gunst gewonnen haben. Uns bleibt dann noch der letzte Abend, um die Juwelen zu stehlen und die Informationen zu beschaffen."

Wilius fügte noch hinzu: „Schon allein die Kenntnis der derzeitigen Position des Prinzen ist ein Gewinn."

„Ich bin mir dessen bewusst, aber danke nochmal", antwortete Biblimas etwas genervt.

Dann sagte Zuzanna: „Nun gut, dann ist ja alles klar. Lasst uns loslegen!", und klatschte in ihre Hände, was für Biblimas und Tilius das Signal war, den Küchenwagen zu verlassen.

Die Beiden kletterten aus dem Wagen und gingen langsam in Richtung Feuerstelle. Die Leute hatten das Feuerholz zu einem kleinen Turm gestapelt, aber das Feuer noch nicht entzündet, da der Nachmittag noch immer anhielt. Biblimas und Tilius beobachteten das Treiben der Menschen, ohne dabei ein Wort miteinander zu sprechen. Die meisten der Ankömmlinge waren wie fleißige Bienen und in ihren Vorbereitungen vertieft. Sie luden ihre Waren von den Ladeflächen und trugen sie in Richtung Bergfried und in die Vorratskammern. Alles und alle kamen aus allen Himmelsrichtungen zu diesem Fest auf Falkenstein. Sie wollten die Chance nicht verpassen, einen ordentlichen Profit zu schlagen oder einen weiteren dazu Grund haben, ihr Met nicht allein zu trinken und sich von spannenden Geschichten unterhalten zu lassen. König Daniel lud jeden Frühling für mehrere Tage seine adelige Verwandtschaft und wichtige Freunde nach Falkenstein ein, was umso mehr Händler, Bauern und Ratten anlockte, die alle etwas vom großen Fest abhaben wollten. Biblimas und Tilius beobachteten das Geschehen für eine Weile, bis Tilius sagte: „Irre, dieser Met. Einfach irre", und nahm einen langen letzten Zug aus seinem Krug.

Das musste schon sein dritter seit seiner Ankunft sein, dachte sich Biblimas und merkte überrascht, dass er selbst noch überhaupt keinen Krug hatte.

„Lass' was holen!", sagte Tilius, als ob er wusste wie trocken Biblimas Kehle ist und winkte mit seinem leeren Krug in Richtung des Metstands.

„Du zahlst", antwortete Biblimas und folgte ihm.

Dort angekommen, wurde Biblimas sofort von Hubertus, dem stets gut gelaunten Braumeister, begrüßt.

„Biblimas, komm her, mein Lieber! Schön dich wieder hier zu haben!" Er reichte einen vollen Krug an Biblimas, den er wohl schon vorher gefüllt haben muss, als er den altbekannten Barden näherkommen sah.

„Hubertus, du bist noch immer der wahre Held von Falkenstein!", rief Biblimas und verbeugte sich sehr tief. „Gepriesen sei dein Werk und erhört sei dein Wort", fügte er hinzu.

Hubertus lachte laut auf und antwortete: „Der wahre Held bist du, alter Narr!", rief Hubertus, lachte noch immer und verbeugte sich ebenso tief wie Biblimas.

Tilius angelte sich den Metkrug aus Hubertus' Hand und kommentierte den Anblick der Beiden: „Humbug! Helden werden heute Nacht erst gemacht!", und nahm einen tiefen Schluck unter dem Gejohle der Umstehenden.

Biblimas beugte sich wieder hoch und rief in die Runde: „Auf Tilius, dem Längsten in allen Reichen von Brölln!"

„Auf Tilius!", riefen die Leute und stießen ihre Krüge an.

Es wurden Hände geschüttelt und es wurde gelacht, während der Met floss und man sich Neuigkeiten austauschte von innerhalb und außerhalb der Welt auf Falkenstein. Biblimas traf auf alte Bekannte und neue Gesellen. Bald stieß auch Wilius hinzu und brachte einen Kessel mit seinem Schweineeintopf, den er für ein Gegenangebot an die Leute verteilte. Zunehmend kamen mehr und mehr Arbeiter und Bauern, die ihre tägliche Arbeit ein wenig früher ablegten und freudig tranken und aßen. Als Biblimas seinen ersten Krug geleert und eine kleine Schüssel des Eintopfes verschlungen hatte, verließ er zügig die Feuerstelle, ohne sich von den anderen zu verabschieden und begab sich zu seinem Wagen.

Dort angekommen, fand er Zuzanna vor dem Eingang stehend. Sie hatte die Arme verschränkt, aber blickte freundlich auf Biblimas. Sie musste in ihren jüngeren Jahren eine der schönsten Frauen unter den Zigeunern gewesen sein, aber das harte Leben dieser Tage und besonders das Schicksal ihrer Gruppe hat Spuren der Ernsthaftigkeit und Entschlossenheit hinterlassen. Dies hat Zuzanna zur Anführerin einer Gruppe aus fuchsigen Dieben, abenteuerlichen Jünglingen, einsamen Witwen und greisen Kriegern gemacht, der Biblimas nun seit sieben Jahren angehört.

„Wie ich sehe, bist du schon fleißig dabei", sagte sie in einem ironischen Ton.

„Ich habe einen Plan", sagte Biblimas, ging an ihr vorbei und stieg ins Wageninnere.

Darin begab er sich zu seiner Kiste und holte eine Laute heraus. Sie war aus dunklem Holz und kleiner als die, die er während der Einfahrt auf Falkenstein spielte. Biblimas zupfte eine kurze Melodie, um sich auf ihre höhere Tonlage zu gewöhnen. Ideal für die Vertonung eines neuen Sonetts, dachte sich Biblimas kurz, als er sah, dass Zuzanna ihm in den Wagen gefolgt ist. Noch immer die Arme verschränkt, sagte sie: „Dir ist hoffentlich klar, was hier auf dem Spiel steht?"

Biblimas band sich ein gelbes Tuch um sein Hals, das somit einen guten Kontrast zu seinem blauen Gewand darstellte.

„Mir ist klar, was hier auf dem Spiel steht", wiederholte Biblimas und wollte an ihr vorbei um aus dem Wagen steigen, aber Zuzanna hielt ihn am Arm fest. Er blickte sie an, als sie sagte: „Ich verstehe deine Bedenken und dass es dir nicht leichtfällt. Nicht dieses Mal. Aber wir alle haben einen Sold zu bezahlen, auch du."

Biblimas hielt einen Moment inne. Dann sagte er: „Ich habe hier auch etwas Persönliches zu erledigen."

Zuzanna antwortete: „Der Adel wird sich nie mit uns abgeben, mein Junge. Aber mit dir haben wir die Chance, du bist das Herzstück des Plans."

„Ich weiß", sagte Biblimas zu ihr und konnte sich aus ihrem Griff befreien. Er stieg aus dem Wagen und Zuzanna folgte ihm weiter. Biblimas begab sich in Richtung Bergfried, stoppte aber und drehte sich zu ihr um. Mit ruhiger, aber selbstbewusster Stimme sagte er dann: „Ich bin es satt, immer nur die Puppe euer Spielereien zu sein. Ich mag zwar das Herzstück deines Plans sein, aber ich bin es auch, der hier sein Herz aufs Spiel setzt!"

Zuzanna blickte ihn einen Moment an und erwiderte nichts. Der Plan, zwei Fliegen mit einer Klappe zu schlagen, trug ihre Handschrift: Die berühmten Leromer Hochzeitssteine von Justine zu stehlen und vor allem erstklassige Informationen über den Aufenthaltsort ihres Gatten, dem Prinzen von Lerome, zu beschaffen, der im Verdacht stand, heimlich die Rebellion gegen die Königreiche Bröllns anzuführen. Biblimas kannte den Auftraggeber nicht und verstand auch nicht, weshalb ausgerechnet Zuzanna gegen die Rebellion ankämpfte, aber diese undurchsichtigen, politischen Machenschaften waren das übliche Handwerk ihrer Bande. Die Juwelen waren vielmehr ein üppiger Nebengewinn und ein Beitrag zu mehr Gerechtigkeit, wie der alte Wilius es nennen würde.

Zuzanna trat einen Schritt näher und blickte mit ihren schwarzen Augen in die von Biblimas. „Du bist der Beste für diese Arbeit. Du wirst die richtige Entscheidung treffen", sagte sie zu ihm. Zuzanna konnte man einfach nicht widerstehen, dachte er sich und schwieg einen Moment.

„Ich weiß", sagte er schließlich, drehte sich wieder um und ging entschlossen zum Bergfried.

Kapitel 3

Der Nachmittag neigte sich langsam dem Ende zu, als Biblimas zum das Eingang des Bergfrieds kam. Als er den Wächter sah, zeigte er sein breites Grinsen, verbeugte sich und sagte: „Seid gegrüßt, mein edler Ritter Stefan!"

Der Wächter lachte laut und machte keine Anstalten, ihn daran zu hindern, in den Bergfried zu kommen und fragte stattdessen neugierig: „Werden wir heute die Hymne des Drachentöters Hermann hören?"

Biblimas pfiff und erwiderte: „Für einen Krug Met allemal!"

Stefan lachte weiterhin und winkte ihn herein, denn den berühmten Barden aus dem Hause Kleiberneim hatte man gerne als Gast auf dieser Burg. Biblimas ging ungestört weiter durch das schwere Tor. Er konnte sich noch an den Bergfried erinnern und wusste genau, wie er zu den Gärten des Königs gelangen konnte. Am Ende des weiten und dunklen Ganges kam er an eine Wendeltreppe, die nach oben zum Thronsaal führte, wo bereits die Vorbereitungen für den heutigen Abend begannen. Biblimas aber nahm die Wendeltreppe nach unten, wo er nach einigen Stufen an eine kleine Tür gelangte, die er öffnete und wieder nach draußen trat.

Er befand sich jetzt im Garten des Königs, einem kleinen Hof, in dessen Mitte sich ein Apfelbaum befand und schon vereinzelt seine ersten weißen Blüten trug. Der Baum stand auf einer kleinen, grünen Wiese und hüfthohe Gebüsche umzäunten einen runden Gehweg. Biblimas blickte sich kurz um und sah, dass zwei Mägde auf der linken Seite des Hofes gerade einen neuen Busch einpflanzten, der ein Geschenk an König Daniel sein musste. Als die Beiden den Neuankömmling anblickten, zwinkerte Biblimas ihnen zu und schlenderte dann über die Wiese in Richtung einer Holzbank und betrachtete dabei interessiert die Blüten des Baumes. Er konnte die Mägde hinter sich kichern hören, als er sich auf die kunstvoll geschnitzte Holzbank setzte und dabei seine kleine Laute richtete.

Noch immer auf den Baum blickend, stimmte er denselben Akkord an, den er vor Kurzem noch in seinem Wagen spielte, nur dieses Mal langsamer und gemäßigter. Er spielte darauf drei weitere Akkorde und wiederholte sein Spiel, während er aus dem Augenwinkel beobachteten konnte, wie die beiden Mägde ihre Arbeit beendeten und mit verstohlenen Blicken auf Biblimas den Garten verließen. Er war nun allein und spielte weiter seine Melodie.

Der Hof, in dem der Garten sich befand, war umgeben von der Außenmauer der Veste, von denen seine Töne zurückschallten und somit sein Spiel sanft unterstützen. Biblimas wusste, dass einige Fenster zum Garten ausgerichtet waren und dass mehrere Bewohner seine Musik hören mussten.

Ihm war auch bewusst, dass er dadurch eine gewisse Aufmerksamkeit auf sich richtete und wen es im Besonderen interessierte, weil es vor einem Jahr schon genauso funktioniert hat.

Sie musste einfach wiederkommen.

Er blickte weiter auf den Baum und spielte geduldig seine Melodie. Bloß nichts überstürzen, du wirst die Oberhand haben und bist vorbereitet, versicherte sich Biblimas und spielte einige Wiederholungen der Akkorde. Er konnte hören, wie sich die Tür zum Hof leise öffnete, aber er ließ den Baum nicht aus dem Blick und begann sein Lautenspiel mit einem summenden Gesang zu begleiten:

"Blut und Wein, Glut und Schein.

Diebe und Gold, Liebe und Sold.

Schon alles habe ich gekostet

und mein treues Abenteuer rostet.

Sieh, mein Becher ist leer,

es sind Herz und Tanz, was ich begehr."

"Abenteurer müssen oft einsam sein", sagte eine Frauenstimme in seiner unmittelbaren Nähe. Er richtete seinen Blick auf seine Laute und fragte lächelnd: „Was bewegt Euch zu dieser Aussage?"

Die Frau setzte sich neben ihm auf die Bank und betrachtete ebenfalls den Baum. Sie antwortete: „Ständig auf der Wanderschaft zu sein und Schätze zu suchen klingt beneidenswert, aber oft ist alles Gold schon längst gestohlen."

Biblimas unterbrach sein Spiel und blickte die Frau an. Die Prinzessin blickte zurück. Sie trug noch immer dasselbe Gewand wie bei der Ankunft auf Falkenstein, hatte nun aber ihre langen Haare offen. Er sagte zu ihr: „Prinzessin Justine, Ihr erinnert mich an Sif aus den Texten der Lokasenna. Sie ist die unbescholtene Gattin des Donnergottes Thor und sie verkörperte alles Gold der Erde."

Die Prinzessin lachte amüsiert, erwiderte aber sarkastisch: „Und Ihr erinnert mich an Loki, dem Sif den Met in einem Kristallglas reicht!"

Hervorragend gekontert, dachte er sich. Sie war gebildet und Biblimas konnte ihr nichts vormachen.

„Ich kann es kaum erwarten, heute Nacht davon zu kosten", antwortete Biblimas schelmisch.

Er spielte weiter seine Melodie und richtete seinen Blick wieder auf den Baum. Er hatte sie jetzt in seinem Bann.

„Geehrter Biblimas, welche Freuden werdet Ihr uns heute Abend bescheren?", fragte sie.

Am liebsten hätte er geantwortet, das alle Freuden, die er heute Abend bescheren wird, nur ihr galten, aber das wäre wohl noch ein Schritt zu früh.

„Ich werde von anderen Welten erzählen und die Leute dorthin mitnehmen, wenn auch nur für eine Nacht", sagte er und blickte ihr dabei tief in die Augen.

Sie fragte weiter: „Ihr werdet uns teilhaben lassen an Euren Abenteuern?"

„Genau das."

„Welche Tänze werden wir tanzen?"

„Es gibt viele Tänze zu tanzen! Welches ist euer liebster?"

Justine lächelte ihn mit ihren großen Augen an und sagte dann: „Das klingt alles wunderbar! Ich freue mich darauf! Ihr seid ein hervorragender Barde und Eure Zigeunergeschichten stecken immer so voller Leidenschaft." Dann stand sie wieder auf.

Das Wort Zigeuner reizte ihn.

„Biblimas, bitte entschuldigt mich, der Abend bricht an und ich will mich auf das Fest vorbereiten. Es ist schön, Euch wieder hier zu haben", sagte sie und wollte sich von ihm abwenden, als er erwiderte: „Ich bin kein Zigeuner, meine Teuerste. Ich bin Biblimas, der Barde aus Kleiberneim und der treuste Gefährte für jede Eurer Abenteuer!"

Einen Moment lang sagte sie nichts, lächelte aber dann und sagte: „Abenteurer sind oft einsam."

Ohne sich zu verbeugen, drehte sie sich um und verließ zügig den Hof.

Biblimas blickte ihr nach und fühlte sich plötzlich verwirrt. Er blickte wieder auf den Baum. Er konnte sich nicht klarmachen, was sie damit meinte. Er war sich zwar sicher, dass er irgendwie einen Fortschritt machte, aber er wusste nicht, was er Zuzanna von diesem Gespräch erzählen sollte.

Er spielte einen weiteren, einsamen Akkord, kam sich aber plötzlich wie ein Trottel vor. Er stand auf und verließ dann ebenfalls den Garten.

Kapitel 4

Der Abend dämmerte, als Biblimas den Bergfried wieder verließ und zu seinem Wagen ging, um seine Laute zurück in seiner Kiste zu verstauen. Er begab sich sofort weiter zum großen Lagerfeuer, wo der Feuerholzstapel in der Mitte des Platzes bereits angezündet und eindrucksvoll vor sich hin brannte. Inzwischen waren viel mehr Leute am Feuer als zuvor, denn kaum jemand hatte noch Arbeit zu erledigen und alle wollten endlich ihr wohlverdientes Met trinken, sich selbst und die Gäste feiern und sich am großen Feuer wärmen.

Biblimas zögerte kurz, weil er nicht wusste, ob er denn zu seinem Wagen zurückgehen sollte, um sich für den Auftritt im Festsaal vorzubereiten oder doch lieber einen Met mit den Leuten hier zu trinken. Außerdem war ihm noch immer nicht klar, wie er das Treffen mit Justine einschätzen sollte, aber es fühlte sich nach harter Arbeit an und er war ein wenig angespannt, also würde ihn ein Met ihn sicherlich guttun.

Er ging wieder zu Hubertus, der mit seiner schier endlosen Metquelle heute Nacht ein gutes Geschäft machen musste. Dieser war zu beschäftigt, um wieder seinen Spaß mit ihm zu haben und Biblimas bestand auf darauf, dass er dieses Mal einen Heller zahle, wie alle anderen auch.

Noch bevor Hubertus protestieren konnte, drückte er ihm einen Taler in die Hand. Biblimas nahm den vollen Krug dankend entgegen und wandte sich wieder Richtung Feuer. Während er sein Met trank, beobachtete er die Meute mit ihrer zunehmend ausgelassenen Stimmung. Hier waren alle, die heute Abend nicht im Festsaal des Königs eingeladen waren und dort auch nicht hinter den Kulissen arbeiten mussten. Das übliche, einfache Volk. Unbekümmert, unwissend und vielleicht deswegen auch so einfach zu unterhalten, weil selbst das kleinste Glück eine helle Freude ist. Biblimas bewunderte und beneidete es zugleich.

Als er sich weiter umschaute, konnte er Tilius auf der anderen Seite des Feuers sehen und wie er drei junge Mägden mit seinen ausschweifenden Gesten wohl davon erzählte, wie er einst einen Bären mit seinen bloßen Händen erwürgte. Die Mägde wussten, dass er nur Unsinn erzählt, aber ihr Gelächter offenbarte, wie sehr sie seine Hingabe für die Erzählung genießten. Nicht weit weg von Tilius konnte Biblimas den alten Wilius sehen, der offenbar seinen Schweineeintopf schon vollends an die Leute verteilt hat und nun mit anderen alten Männern in einer hitzigen Debatte vertieft war. Zuzanna war nirgends zu sehen, aber sie umkreiste wohl wie eine Wolfsmutter die Wagenburg und hielt alles und jeden unter Beobachtung.

Gut so, dann muss ich ihr jetzt nicht begegnen, dachte sich Biblimas, als er eine Hand auf seiner rechten Schulter spürte. Erschrocken drehte er sich um und erwartete Zuzanna selbst, aber es war Friederich, den er seit dem gemeinsamen Auftritt am frühen Nachmittag nicht mehr gesehen hat.

„Alles klar, mein Lieber?", sagte Friederich, der aufgrund der Reaktion von Biblimas kicherte.

„Herrgott, ich dachte du wärst der Teufel!", antwortete ihm Biblimas.

Friederich zeigte mit dem Finger in Richtung Feuer und sagte: „Hier, schau dir den Kerl mal an."

Biblimas' Blick folgte dorthin. Er sah dort einen jungen Mann mit einem roten Stirnband, ungefähr im selben Alter wie Biblimas selbst. Er hatte eine Laute umgehängt und rief nun in die gesamte Runde:

"Willkommen auf Falkenstein, Freunde! Der Veste, wo eine helfende Hand nie fern ist, man lacht von früh bis spät und trinkt von spät bis früh! Ich bin Kaspar Feuerdahn und dieses Stück ist für Hubertus, meinen Freund und Metmeister!"

Er zeigte auf Hubertus und die Leute jubelten. Dann stimmte er seine Laute an und sang laut ein Stück, das unter Barden als ein Klassiker für solche geselligen Abende galt. Er tanzte dabei um das Feuer, konnte viele überzeugen mitzusingen und wurde von den Leuten bejubelt. Kaspar Feuerdahn war der richtige Mann zur richtigen Zeit am richtigen Ort. Das weckte etwas Neid in Biblimas, denn diese Kunstfertigkeit war normalerweise ihm überlassen. Der neue Barde spielte ein paar weitere Lieder und die Leute liebten ihn dafür. Er hatte sie in seinem Griff und er wusste sehr gut, wie er mit seiner Auswahl an Liedern sie laufend unterhalten konnte. Kaspar war vielleicht nicht der talentierteste Barde im Land, aber er strahlte eine Mischung aus Selbstbewusstsein und Gelassenheit aus, die Biblimas faszinierte, denn er würde gerne diese Züge öfter an sich selbst sehen.

Er und Friederich bewunderten Kaspars Auftritt für vier weitere Stücke, bevor Friederich zu ihm sagte: „Gar nicht mal so übel, dieser Kaspar Feuerdahn! Was meinst du?"

Biblimas wandte seinen Blick nicht von Kaspar ab und antwortete: „Ja, der Kerl hat was. Kennst du ihn irgendwoher?"

„Du kennst doch noch Konrad, den Hofmeister hier?"

„Du meinst Konrad, den Hofkleister?"

Friederich lachte und sagte: „Genau der. Er hat mir von einem Barden erzählt, der hier vor ein paar Tagen unangekündigt aufgekreuzt ist und sogar dem König vorgespielt hat. Der hat jetzt wohl neue Arbeit für ihn gefunden."

„Ja, er scheint ja seine Rolle gut zu spielen", sagte Biblimas und blickte wieder auf die Menschenmenge am Feuer, die Kaspar nach seinem letzten Stück zujubelten.

„Der Kerl weiß, was die Leute wollen", sagte Friederich. „Biblimas, ich mache mich jetzt fertig für den Auftritt. Rede mal mit Kaspar, vielleicht können wir was von ihm lernen und überhaupt ist er sicherlich ein guter Mensch", sagte Friederich mit einem Lächeln.

Er klopfte Biblimas nochmal auf die Schulter und wandte sich ab. Biblimas leerte seinen Metkrug und stelle diesen am nächstgelegenen Tisch ab. Er wusste für einen Moment nicht, wie er denn Kaspar ansprechen sollte, weil er eigentlich kein großes Interesse an dieser neuen Bekanntschaft hat, die im Moment eine Konkurrenz um die Gunst des Adels darstellte. Aber Biblimas dachte an Friederich, der nicht eingeweiht war in den Plänen von Zuzanna und vielmehr an der Harmonie zwischen all den Leuten interessiert war und mit seiner Musik eine gute

Arbeit leisten wollte. Ein zusätzlicher Barde würde ein Gewinn für alle sein und letzten Endes ist Biblimas auch einer. Wenn Biblimas nicht mehr über Kaspar und seine Motive herausfindet, macht er sich das Leben vielleicht unnötigerweise schwieriger.

Er muss seine besten Chancen ausnutzen, also entschloss er sich zu Kaspar zu gehen und ihn kennenzulernen. Seine Musik als Thema für ein einleitendes Gespräch ist ideal, denn Musik ist eine Kunst, die nicht viele beherrschen und es würde sein hohes Interesse an Kaspar zeigen, was er sicher zu schätzen weiß.

Als er sich ihm näherte, stieß er Kaspar leicht an die Schulter und sagte: „Ich bin beeindruckt, mein lieber Herr Feuerdahn. Werden wir heute noch mehr davon hören?"

Kaspar blickte ihn überrascht, aber dennoch erfreut an und antwortete: „Kaspar! Nennt mich Kaspar! Sehr wohl, ich werde heute Abend im Thronsaal des Königs spielen. Aber ich finde, dass das Volk auch was von meiner Musik haben soll, also habe ich mich entschieden, auch hier am Feuer zu spielen, selbst wenn ich keinen Heller dafür bekomme."

„Das ist ehrenwert! Wo hast du so spielen gelernt?", fragte ihn Biblimas.

„Ich bin mit den richtigen Menschen aufgewachsen, die mir die Welt der Musik nähergebracht haben und habe erkannt, dass ich so meine Zeit am wirkvollsten verbringen kann. Ich bin kein Krieger, wenn du weißt was ich meine. Verzeiht, wie lautet euer Name? Ich nehme an eurer Kleidung nach seid ihr kein Schmied, also was bring euch hierher?", sagte Kaspar mit einem Lächeln.

„Mein Name ist Biblimas und ich bin der Hofschmied von Haron aus Kleiberneim", konterte Biblimas knapp und versteinerte seine Miene.

Kaspar nahm das Spiel auf: „Biblimas aus Kleiberneim also! Ja, ich habe von dir gehört. Vor allem von deinen Schmiedekünsten mit der Laute!", sagte er und beide mussten herzig lachen.

„Kaspar, es ist schön auf einen weiteren Barden zu treffen! Lass mich dich einladen auf einen Krug, ich will mehr erfahren von dir", sagte Biblimas und führt ihn in Richtung Metstand.

Hubertus hatte alle Hände voll zu tun, füllte aber den beiden Barden jeweils einen Krug ohne Geld entgegenzunehmen. Kaspars Musik hatte noch mehr Leute angelockt und er machte ein sattes Geschäft, da konnte er die beiden dankend daran teilhaben lassen. Kaspar und Biblimas tranken zusammen und unterhielten sich weiter über ihre Pläne für den Abend in der Festhalle und wie sie adeligen Gäste am besten unterhalten wollten. Diese Absprache erwies sich als nützlich, schließlich wollte man ernsthafte Konkurrenz vermeiden und sich viel mehr gegenseitig unterstützen. Biblimas fand heraus, dass Kaspar eine Barde auf Wanderschaft war und sein Brot damit verdiente, von Ort zu Ort zu ziehen, um die Bewohner und Adelsleute mit seiner Musik zu unterhalten. Seine Auswahl an Stücken unterschied sich nicht sehr von der von Biblimas und beide tauschten sich aus über die Herausforderungen und Späße, die beide mit ihren Liedern hatten. Vor allem bewunderte Biblimas die bodenständige Art, die Kaspar ausstrahlte, die trotz seines musikalischen Talents seinen Charakter am meisten ausmachte. Da die beiden noch Zeit hatten, bis das Fest im Thronsaal begann, entschieden sie sich, noch weiter zusammen für die Leute am Feuer zu musizieren. Diesmal durfte Biblimas mit der Laute von Kaspar spielen und Kaspar bewies sogar seine Fertigkeiten mit der Flöte, mit der er Biblimas für manche Stücke begleitete. Diese Kombination war für viele Anwesenden aus Kleiberneimer und Falkenstein ein besonderer Anblick, denn nicht oft konnten sie eine musikalische Unterhaltung solcher Art genießen. Die Menge war begeistert und sang oft mit, was die beiden zusätzlich motivierte, weiter zu spielen. Die Kenntnis, dies nicht für einen Sold zu tun oder für die Gunst des Adels, machte es zu einen dieser Erfahrungen, die unvergleichlich wertvoll sind, weil es nur um das Wesentliche ging. Nach ein paar Stücken und großen Beifall beendeten die beiden ihre Vorstellung und umarmten sich aus gegenseitigem Respekt und neuer Freundschaft für die gemeinsame Erfahrung. Biblimas hatte nicht damit gerechnet, war aber froh, dass er Kaspar kennenlernen und mit ihm spielen durfte, trotz des anfänglichen Zweifels am Zweck dieser Zusammenarbeit. Beide begaben sich leicht erschöpft und durstig zurück zum Metstand.

Nachdem sie nochmals freie Krüge vom nun schwitzenden Hubertus erhielten, hielt Biblimas kurz inne, blickte ins Feuer und sagte: „Weißt du, ich könnte die ganze Nacht hier spielen statt für unsere Herren und nichts würde mir fehlen."

Kaspar brummte zustimmend und sagte: „Recht hast du, Seide macht den Mensch nicht schöner. Doch ich habe eine Abmachung mit dem König, die ich einhalten werde."

Mit Kaspars Antwort fühlte sich Biblimas missverstanden, antworte aber dennoch: „Natürlich! Und ich folge Haron überall hin. Doch ich komme vom einfachen Volk und fühle mich am wohlsten, wenn ich unter ihnen bin."

„Du sprichst was ich denke, Biblimas. Ein Hoch auf Falkenstein und Kleiberneim!"

Beide stießen an und tranken ihren wohlverdienten Met. Als sie die Becher absetzten, sagte Biblimas: „Ich muss mich nun vorbereiten für den Abend. Wir sehen uns dort?"

„Na selbstverständlich! Ich muss mich auch noch fertigmachen. Bis bald, mein Freund!"

Sie klopften sich gegenseitig auf die Schulter und verabschiedeten sich. Als Biblimas sich entfernte, dauerte es nicht lange bis er auf Tilius stieß, der ihn wohl die ganze Zeit beobachtet hatte.

„Wir machen neue Freunde, eh?", sagte er mit gedehnter Stimme, die nach Met roch.

Biblimas blickte ihn an und hatte Schwierigkeiten, Tilius in die Augen zu schauen, weil sein Kopf ein wenig hin und her wackelte.

„Jeder kann nützlich sein. Außerdem ist er ein begabter Musiker, solche Typen trifft man nicht oft", antwortete Biblimas kurz.

„Wie war dein Treffen mit deiner Prinzessin?", frage Tilius etwas zu laut für Biblimas Geschmack, der sich nun umblickte, um zu sehen, ob denn jemand zuhörte. Mit gedämpfter Stimme antwortete er dann: „Wir haben uns im Garten getroffen, so wie ich es geplante habe und wir hatten ein Gespräch. Aber ich bin mir nicht ganz sicher, ob ich einen Fortschritt gemacht habe. Sie hat den Garten sehr früh wieder verlassen, ich hatte also nicht wirklich viel Zeit mit ihr. Sie ist davongerannt, als wäre ich eine giftige Schlange."

Tilius blickte ihn nun fest an und sagte: „Ha! Du bist ja auch eine Schlange!"

„Wie gesagt, ich glaube ich habe trotzdem einen Fortschritt gemacht. Sie spricht in diesen

Doppeldeutigkeiten. Irgendwas von einsamen Abenteurern."

„Einsame Abenteurer?", wiederholte Tilius, der jetzt laut lachen musste, „ich habe das Gefühl, dass sie eher dich verführt und verwirrt hat. Das war eigentlich deine Aufgabe, das mit ihr zu machen! Und du hast keine Neuigkeiten über den Prinzen?"

„Nein, habe ich nicht", antwortete Biblimas verärgert und blickte sich weiter umher, um sicher zu stellen, dass niemand mithörte. „Was hast du denn Nützliches gemacht seit unserer Ankunft?", fragte er Tilius nun vorwurfsvoll, obwohl er genau wusste, wo und wie Tilius seine Zeit verbracht hatte.

„Ich habe den Met getestet!", antwortete Tilius voller Stolz und nahm einen weiteren Schluck aus seinem Krug, „außerdem habe ich von Hermann erfahren, dass die Wachmannschaft in der Burg noch immer dieselbe ist. Es sind keine neue Rekruten reingekommen und es sind noch immer dieselben Schwachköpfe hier. Nur sind diese nun älter und langsamer geworden."

Tilius hatte seine Hausaufgaben gemacht. Biblimas spürte nun den Druck, der auf ihm lastete und dass er weiter handeln musste. „Ich muss weiter. Das Fest im Thronsaal beginnt bald", sagte Biblimas und leerte seinen Krug. Als er den Krug absetzte, war Tilius schon wieder in der Menge verschwunden.

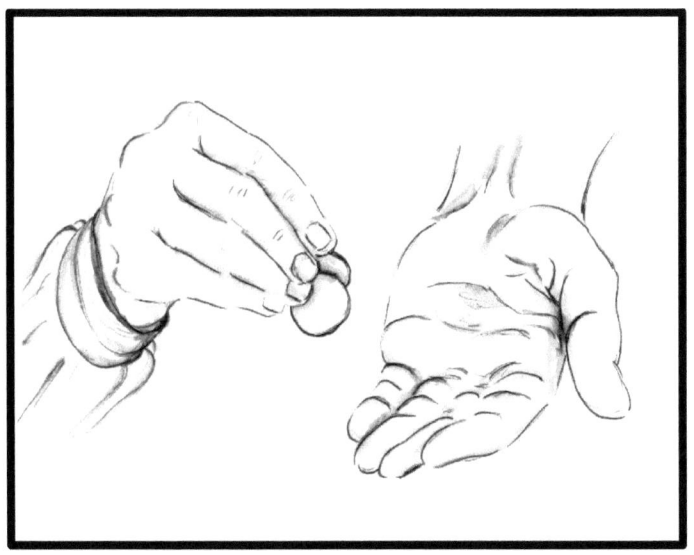

Kapitel 5

„Das nächste Mal nehme meinen Dolch mit, damit ihr Jungs endlich mal was findet!", sagte Biblimas mit einem Grinsen, während einer der Wachen ihn durchsuchte. Zur anderen Wache, die seine Laute inspizierte, sagte er: „Keine Sorge, das ist nur in meinen Händen eine Waffe!". Die Wache gab keine Reaktion von sich. Die nehmen ihre Arbeit tatsächlich ernst, dachte sich Kaspar, der nun merkte, dass er hier mit seinen Sprüchen keine Freunde machte.

Er und die beiden Wachen befanden sich am Fußende der Treppe, die hinauf zum Thronsaal der Veste führte, von der stetig Diener und Mägde hoch und runter eilten und Schüsseln oder große Platten mit wunderbar duftenden Mahlzeiten trugen. Selbst für Biblimas, der aufgrund seiner Arbeit oft in den Vesten des Adels spielte und dort die meiste seiner Zeit verbrachte, war der Anblick und der Duft von gebratener Ente oder von Käseplatten trotzdem unwiderstehlich. Er fühlte sich nun mager und merkte, dass der Winter doch etwas länger gedauert hat als gedacht.

„Alles klar, 'kannst weitergehen", sagte die erste Wache und winkte ihn ohne weitere Anmerkungen durch.

„Vielen Dank, meine Herren, ich hoffe eure Anstrengungen sind nicht umsonst!", erwiderte Biblimas freundlich und wusste, wie sehr er damit die beiden verärgerte, denn seine nette Art gab ihnen keinen Ansatz für eine abfällige Antwort. Die zweite Wache brummte nur und gab ihm seine Laute zurück.

Biblimas eilte schnell die Treppe nach oben, bis er vor einer großen, geöffneten Tür stand. Bevor er hereintrat, erhaschte Biblimas einen schnellen Blick in die Festhalle, um zu sehen, wie weit der Abend denn schon ohne ihn vorangeschritten war. Die meisten der Gäste waren schon eingetroffen und auch König Daniel und seine Gattin Orianne waren schon da. Überhaupt schien die gesamte Gesellschaft schon in heiterer Stimmung und schon lange nicht mehr beim ersten Gang der Mahlzeit zu sein. Er ärgerte sich kurz aufgrund seiner Verspätung, die sicherlich seinem Herren Haron schon aufgefallen ist, für den Biblimas eine Art Hofnarr ist, den er anderen oft und sehr gerne wie eine singende Trophäe vorzeigte.

Biblimas blickte weiter in die Runde und fand schließlich Prinzessin Justine und ihre Begleiterinnen nicht allzu weit weg vom Eingang sitzend. Mit dem Versuch, sich hinter den Gästen ungeachtet einzuschleichen, schritt er zielstrebig auf die Prinzessin zu. Er wollte die Chance ergreifen, ihr noch vor seinem Auftritt persönlich zu sagen, dass all seine Stücke nur ihr gewidmet seien und er sich nicht darum scherte, für wen er sonst spiele. Der Abend und alle seine Bemühungen dienen allein Ihrer Gunst und Freude. Diese Frühlingsblume will er heute Abend pflücken, dachte sich Biblimas und war mit all seinen Sinnen auf die Prinzessin gerichtet, als ihn ein gewaltiger Schrei aus seinen Träumen riss:

"BIBLIMAS!! Wo hast du dich denn rumgetrieben?! Auf! Sing uns ein Lied!"

Verfluchter Mist, gottverdammter Scheiß, schrie Biblimas innerlich.

Haron von Kleiberneim hatte ihn doch noch erspäht und zerstörte seinen Plan. Die gesamte Gesellschaft kam zum Schweigen und blickte ihn nun an. Auch Prinzessin Justine richtete ihren Blick auf Biblimas, der sich zügig zu Haron und dem Königspaar umdrehte und ein freudiges Gesicht zog, um sich seinen Zorn nicht anmerken zu lassen.

"Sofern Euch das beliebt, König Daniel?", sagte Haron nun mit ironischer Reue. Der König lachte inbrünstig und antwortete:

"Nur zu! Ihr sollt später auch meinen Barden Kaspar hören! Auf Kleiberneim!", worauf sie krachend die Krüge zusammenschlugen und die gesamte Tafel lautstark ihre Gefäße hob.

Biblimas verbeugte sich im Dank und ging in Richtung des Königspaares, verbeugte sich vor ihnen noch einmal, diesmal tiefer und stieg dann auf das vorbereitete Podest. Er richtete seine Laute und überblickte die Gäste und stellte fest, dass er deren volle Aufmerksamkeit hatte. Nun gut, dann legen wir mal los, dachte er und rief laut:

„Mein werter König, meine werte Königin, liebe Gäste von Falkenstein: Es ist mir wieder eine große Ehre, meinem Herren Haron Eurer Einladung gefolgt zu sein! Wie viele von euch sicherlich schon wissen und für die, die mich heute kennenlernen: Mein Name ist Biblimas Konstantina und ich lade euch heute Abend ein in die Welt der Lyrik und Musik!"

Ohne auf Applaus zu warten, spielte er sogleich sein erstes Stück, das aus einem schnellen und gezielten Zupfen seiner Laute bestand. Dies hält die Leute auf

Trapp und er konnte ihre Aufmerksamkeit nach seiner Einleitung aufrechterhalten. Das vorgetragene Stück war seine selbstgeschriebene Ode an die Kriegerlegende Viktor aus den Osthöhen, welches besonders unter den Männern des Abends beliebt war, die johlend seine Texte mitsangen, soweit es ihr Alkoholpegel und ihre Erinnerung an den Text überhaupt zu ließen. Es war ein kurzes, aber sehr aufregendes Lied und als Biblimas es beendet hatte, applaudierte und jubelte die Gesellschaft, wobei Harons' Johlen besonders hervortrat.

Das sollte sie alle aufgeheizt haben, dachte sich Biblimas, der nun ein etwas langsameres Stück anstimmte, dass mit seiner melancholischen Melodie mehr den weiblichen Gästen bestimmt war. Biblimas verließ während des Spiels das Podest und nutzte den freien Raum zwischen den Tischen. Diese Annäherung eines Musikers war genau das, was die Frauen so begeisterte, denen Biblimas träumerische Blicke zuwarf, wobei er vermeiden wollte, sich Prinzessin Justine allzu sehr zu nähern. Um sie konnte er sich später ganz persönlich kümmern, nachdem er seine Chance zu Beginn verpasst hatte.

Als er zwischen den Tischen umhertanzte, erkannte er auch Kaspar unter den Gästen, der für den Anlass des

Abends ein farbiges Kostüm trug, das Biblimas kurz aus der Fassung brachte und er sich leicht verspielte, was aber keinem auffiel. Er macht es auf seine Weise, warum denn auch nicht, dachte sich Biblimas und tänzelte langsam zurück zum Podest.

Auf das zweite folgte ein drittes Stück, das ein altes und bekanntes Lied eines bereits verstorbenen Barden aus dem Hause Falkenstein war, an dessen Auftritte sich noch ein paar der älteren Gäste erinnern können. Dass Biblimas ein heimatliches Stück spielte, trug zur hellen Begeisterung der Einheimischen bei, was ihm sicherlich einige Einladungen auf einen Met bescheren würde.

Als Biblimas zum Ende seiner Vorstellung kam und den letzten Akkord mit einer tiefen Verbeugung abspielte, jubelte die die Menge laut und einige erhoben sich sogar von ihren Stühlen, um Biblimas für seine Vorstellung zu ehren.

Der Sold für den heutigen Abend ist erfüllt. Das wird dem nächsten Barden zeigen, in welcher Liga man hier spielt, dachte sich Biblimas vergnügt und trat vom Podest, während ihm die Leute noch weiterhin zujubelten.

Jetzt gab es Wichtigeres zu tun.

Kapitel 6

Biblimas nahm einen langen Schluck aus dem Krug und goss sich das wohltuende Bier die trockene Kehle hinunter. Er stellte den Krug wieder ab, rülpste laut und entschuldigte sich bei dem Herrn, von dem er den Krug frech vor der Nase wegschnappte, der sich aber vor Lachen kaum zusammenhalten konnte und sich überhaupt nicht zu beschweren schien.

Biblimas blickte nun zum Podest, wo Kaspar sich zurecht machte. Aufgrund der Pause widmete sich die Gesellschaft des Abends wieder sich selbst und dem Essen, daher müsste Kaspar sich etwas Besonderes einfallen lassen, um ihre Aufmerksamkeit zu erlangen.

Biblimas schaute nun zu Haron, der seinen Blick erwiderte und ihm breit grinsend zuprostete. Biblimas nickte ihm fröhlich zu und begab sich zur Seite des Festsaals, um dem neuen Barden mehr Raum zu bieten und weniger im Fokus zu stehen. Kaspar stellte sich kurz vor, was vereinzelt vom Klatschen Einiger begrüßt wurde.

Leicht wird er es nicht haben, aber Biblimas bewunderte dennoch die kühne Entschlossenheit, mit der sich seine neue Bekanntschaft präsentierte.

Biblimas blickte wieder in die Runde und auf Prinzessin Justine, welche an einem Gespräch mit ihren Begleiterinnen beteiligt schien. Ihre Blicke trafen sich für einen Moment lang. Sie schien nicht sehr an dem Gespräch teilzunehmen, also entschloss er sich, diese Möglichkeit zu nutzen und bewegte sich langsam in ihre Richtung. Als er um die Tafel herumging, begann Kaspar mit seinem Spiel und, zur Überraschung von Biblimas, mit der Flöte, was etwas ungewöhnlich war für das erste Stück eines Barden.

Biblimas befand sich nun in der Nähe der Prinzessin. Als diese sah, dass sich Biblimas in ihrer Nähe befand, bat sie eine ihre Sitznachbarinnen einen neuen Krug Wein und einen Becher für den Barden zu holen und machte somit den Platz neben ihr frei. Biblimas bedankte sich höflich bei der Dame und setzte sich an den frei gewordenen Stuhl.

„Mein Herr Biblimas, welch verzückende Vorstellung! Ich bewundere, wie Ihr es schafft, mit Eurer Liederwahl die Stimmung der Leute genau zu treffen!"

„Ich fühle mich geehrt, meine Teuerste! Ich glaube genau zu wissen, was die ehrenwerten Zuhörer brauchen. Es ist die Kunst des Zuhörens, was mir erlaubt, meine Auswahl dem Anlass anzupassen. Ich hoffe doch sehr, dass ich im Besonderen Euren Wünschen nachkommen kann!", antworte Biblimas und nahm einen vollen Weinkrug dankbar nickend von der Begleitung der Prinzessin an.

„Ihr schafft es allemal! Werden wir noch mehr von euch hören?", fragte die Prinzessin.

Biblimas beendete seinen ersten Schluck aus dem Weinkrug.

„Welchen Wunsch kann ich Euch denn erfüllen?", fragte er mit ernsthafter Neugier, aber die Prinzessin hatte ihren Blick von ihm abgewendet.

Biblimas erhaschte kurz einen Blick auf ihren Nacken, um die eine feine goldene Kette hing. Die Leromer Hochzeitsjuwelen. Sein Blick folgte der Kette auf ihrer zarten Haut und hinunter in die Tiefen ihres Ausschnitts, in die Biblimas für alle Ewigkeiten hinabtauchen könnte. Als Biblimas rasch aufschaute und ihrem Blick folgte, sah er nun Kaspar direkt vor ihrem Tisch, welcher laut rief:

"... furchterregende Kreatur des FEUERS!!"

In diesem Moment entzündete Kaspar etwas an der Kerze an ihrem Tisch und schleuderte einen kleinen Feuerball hoch in die Luft, wo es sich voll entflammte. Als es wieder herunterfiel, fing Kaspar den Feuerball mit seiner Faust wieder auf. Dies geschah mit ein etwas Ungeschick, was aber wohl nur Biblimas auffiel, denn die Abendgesellschaft war außer sich und jubelten den Barden laut zu. Biblimas reagierte überhaupt nicht und sah, dass auch Prinzessin Justine voller Begeisterung klatschte und Kaspar zujubelte. Kaspar griff wieder zur Laute und spielte kraftvoll sein nächstes Stück, was zum stillen Entsetzen von Biblimas die Hymne des Drachentöters Hermann war, was er sich eigentlich für seinen späteren Auftritt vorgenommen hatte. Verärgert stellte Biblimas schnell fest, dass es Kaspar zuvor am Feuer doch erwähnt hat. Biblimas hatte es wohl verdrängt oder nicht ganz ernst genommen.

Kaspar hatte nun die volle Aufmerksamkeit der Gäste und spielte als nächstes ein altes Volkslied, das er sogar um eine Strophe über das Falkensteiner Königspaar erweitert hatte, was seiner Vorstellung noch umso mehr Jubel einbrachte und vor allem König Daniel und seiner Gattin höchst entzücken musste. Biblimas war zutiefst überrascht. Kaspar Feuerdahn hatte sein musikalisches Exempel statuiert und konnte sich absolut mit ihm messen, dessen war sich Biblimas sicher. Selbst die Prinzessin war vollkommen in Kaspars Bann und Biblimas konnte beobachten, wie die beiden ständig Blickkontakt hatten.

Als Kaspar sein drittes Stück beendete und die kurz Pause nutzte, um seinen Met zu trinken, wurde er von den Herren aufgefordert, weitere Zugaben zu spielen. Biblimas, der Kaspars Vorstellung nun nicht mehr ertragen konnte, weil er Justines volle Aufmerksamkeit hatte, verabschiedete sich knapp von Prinzessin, die ihn nicht weiter zu beachten schien.

Biblimas ging zur Seite der Festhalle und zur Theke, wo der Wein ausgeschenkt wurde. Er drängte sich schnell vor, mit der Ausrede, dass er einen vollen Krug für Kaspar holen will, der bald sein Spiel beenden wird und sein wohlverdienten Wein erhalten soll. Biblimas nahm den Krug der Magd etwas forsch entgegen und verschüttete einen Teil des Weins und begab sich in einer der hinteren Ecken der Halle und trank den Wein. Kaspar hatte bereits sein viertes Stück angestimmt und bewegte sich wie zuvor Biblimas um die Tische herum. Biblimas musste zugestehen, dass Kaspar sein Handwerk als Barde sehr gut verstand und sehr gut wusste, wie er sein Talent einsetzen konnte, um eine gute Vorstellung zu liefern. Biblimas hielt Kaspar weiter im Blick und trank weiter seinen Wein, als plötzlich ein Mann auf der anderen Seite des Raumes lauf aufschrie, irgendetwas mit Wucht in Kaspars Richtung schmiss und sein Ziel mitten im Gesicht traf.

Biblimas prustete und verschluckte sich am Wein. Kaspar musste sein Spiel unterbrechen und es folgte ein Schweigen vieler im Raum, während die Herren auf der Seite des Täters laut und lange grölten. Lange sprach keiner ein Wort, bis Drogan, der Schwager König Daniels, der sich als Täter herausstellte, laut rief:

„Meiner Treu, Spielmann! Bei eurem Getanze dachte ich, Ihr wärt flink. Was für ein untauglicher Soldat Ihr wäret, jeder Stein und Pfeil würde euch treffen!"

Schnell nahm Königin Orianne das Wort auf: „Genug, Drogan! Der Barde steht unter meinem Schutz und erwies uns gute Dienste. Hüte also deine Zunge, Bruder!"

Nach einer peinlich stillen Pause rief Kaspar endlich: „Meine Königin, Euer Eifer und Eure Worte ehren mich.

Verzeiht, doch mir ist vorerst die Lust am Spiel vergangen..." und begab sich zügig in eine Ecke des Raumes, wo er seine Laute etwas unsanft ablegte und sich an einen freien Stuhl setzte.

Die Gesellschaft fuhr schnell mit ihren eigenen Gesprächen fort und es wirkte als sei überhaupt nichts geschehen. Der Abend ging einfach weiter, was Biblimas etwas traurig stimmte.

Biblimas sah währenddessen Friederich auf dem Podest, der sich auf seinen Auftritt vorbereitete, um die Unterhaltung trotz des Vorfalls fortzuführen. Biblimas blickte wieder auf Kaspar, dessen Gesicht noch immer mit Essensresten verdreckt war. Biblimas hatte nun Mitleid mit Kaspar und vergaß schnell seine vorherige Wut über sich selbst und dem neuen Barden, welcher wieder von seinem Stuhl aufgestanden war und sich zu Biblimas' Verwunderung zu ihm begab.

Als er bei ihm stand und seinen Krug anstieß mit ihm anstieß, begann Friederich seine Vorstellung, was beide dazu veranlagte, kein weiteres Gespräch zu führen und dem dritten Barden Respekt zu zollen.

Nach einer Weile sagte Biblimas spöttisch: „Mich haben sie auch mal beworfen. Sogar mit Knochen, als wäre ich ein Köter!"

Kaspar schüttelte den Kopf und klopfte ihm auf die Schulter. „Jede Wette, dass keiner von ihnen die Laute spielen könnte...", sagte er, als Haron aus der anderen Seite des Raumes Biblimas zu sich rief.

Die beiden blickten sich einen Moment lächelnd an und schüttelten sich dann die Hände, als Biblimas zu seinem Herrn ging.

Kapitel 7

Tilius lachte laut und klopfte sich auf die Knie. Biblimas hatte die Geschichte in seiner üblichen theatralischen Art erzählt, wie als ob er eines seiner Stücke vorspielte. Irgendwie fühlte er sich nicht wohl darüber, aber Biblimas musste es einfach mit jemanden teilen. Tilius brüllte weiter: „Drogan muss es ja noch immer draufhaben! Was für ein Kerl!".

„Es war perfekt. Orianne hat ihn dann zur Sau gemacht und der König hat überhaupt nicht reagiert. Dabei ist es ja sein Barde. Aber um ehrlich zu sein, Kaspar hat eine echt super Vorstellung geliefert", merkte Biblimas an.

„Hast du mit der Prinzessin reden können?", fragte Wilius und reichte ihm einen Becher mit einer dampfenden Brühe.

„Na klar! Aber die Situation mit Kaspar hat ihre volle Aufmerksamkeit auf sich geschoben und ich habe sie nicht mehr zurückgewinnen können. Außerdem hat Haron mich ständig zu ihm gerufen für irgendeine Vorlage, als ob ich sein Schoßhund sei", antwortete Biblimas.

„Bist du ja auch!", rief Tilius und nahm lachend seinen Becher von Wilius an.

„Bleibt dran, Jungs, wir kriegen das schon", sagte Wilius und füllte sich selbst einen Becher mit der Brühe aus seinem kleinen Topf. Die drei saßen zusammen um ein kleines Feuer neben dem Küchenwagen und nahmen eine kleine Pause von dem Trubel am Lagerfeuer der Wagenburg. Tilius schnupperte am Becher und zog eine Grimasse.

„Was zum Henker hast du da wieder zusammengebraut, du alter Teufel!", sagte er.

„Das wird dein Hirn umpflanzen und dich endlich zur Vernunft bringen, du Narr!", sagte Wilius und winkte mit seiner Hand in Richtung Tilius in seiner typischen Geste, als ob er eine lästige Fliege verscheucht.

„Ernsthaft, Wilius, was ist da drin?", fragte nun Biblimas, dem ein wenig übel wurde, als er den ersten kleinen Schluck aus dem Becher nahm.

„Wurmkraut und noch ein paar andere gute Sachen. Ich habe ein Rezept von alten Freunden bekommen und hatte glücklicherweise alle Zutaten da", sagte Wilius stolz.

„Auf den Scheiterhaufen mit dir!", rief Tilius und nahm einen kräftigen Schluck unter dem Gestöhne von Biblimas, der sich nun aufgefordert fühlte und einen ebenso kräftigen Schluck nahm. Es schmeckte grässlich und er spürte plötzlich die Hitze, die in seinem Körper anstieg.

Wilius lachte laut und rief: „Langsam, ihr Welpen! Ein Becher ist genug für die ganze Nacht! Das ist kein Bier!" und nahm selbst nur einen kleinen Schluck aus seinem Becher.

„Gottverdammt!", brüllte Tilius und machte Anstalten, sich zu übergeben, konnte sich aber zurückhalten.

Biblimas musste aufstoßen und hatte den wohl übelsten Geschmack, den er je hatte, in seinem Mund. Ihm wurde ein wenig schwindelig, als Wilius ihn fragte:

„Wie ist das nochmal mit der Prinzessin? Was hast du denn soweit schon herausgefunden?"

Biblimas musst nochmals aufstoßen und bließ die üble Luft aus. „Ich weiß tatsächlich noch gar nichts. Sie spielt kurz meine Spielchen mit, aber stößt mich dann schnell wieder ab, denn immer kommt etwas dazwischen", sagte er.

„Bist du dir denn noch sicher, dass das die beste Methode ist, an die Informationen ran zu kommen?", sagte Tilius mit dem Kopf zum Boden und hustete leise. „Lasst mich doch einfach in ihre Kammer einbrechen!"

„Sei kein Idiot, Tilius! Die Wachen wurden verdoppelt aufgrund all der Gäste auf der Burg. Außerdem haben wir schon lange vorbereitet, um dir die Gelegenheit zu geben, wenn es so weit ist!" erwiderte Wilius. Dann fügte mit einem kurzen Lachen hinzu: „Und du hast schon zu viel des Wurmkrauts getrunken!"

Biblimas ergriff wieder das Wort: „Ich bleibe dran, keine Sorge. Es geht hier für mich auch um etwas Persönliches."

„Was denn? Willst du denn noch immer ihr Traumprinz werden?", sagte Tilius spöttisch und nahm herausfordernd seinen nächsten Schluck aus dem Becher und blickte dabei Biblimas fest in die Augen.

„Tilius, du solltest das wirklich langsam angehen...", sagte Wilius mit sorglicher Stimme.

Biblimas grinste hämisch und setzte seinen Becher ebenfalls an, tat als ob er einen ebenso großen Schluck nahm.

„Ihr Esel! Viel Spaß noch. Passt auf euch selbst auf", sagte Wilius, stieg von seinem Hocker auf und ging langsam und bedächtig zurück in Richtung des großen Lagerfeuers.

„Die Prinzessin ist wie die Krönung meines Schaffens. Ich weiß, dass ich nie ihr Prinz sein kann, aber ich kann dennoch ihr Herz gewinnen", sagte Biblimas und blickte dabei in seinen Becher.

„Und du willst damit über deinen Problemen stehen und besser als alle anderen sein? Dein Schaffen besteht aus Lügen und Verrat, mein Lieber, das sind vielleicht die besten Voraussetzungen, um das Herz eines Schafes zu gewinnen", antwortete Tilius und musste kurz lachen.

Biblimas grunzte. Unrecht hatte Tilius damit nicht. „Ein dummes Schaf ist sie wahrlich nicht", sagte Biblimas langsam nickend.

Tilius nahm einen letzten Schluck und schmiss den Becher mit einem „Eeeeeehhhh!" unter den Küchenwagen. Dann schaute er wieder auf Biblimas und machte: „Määääääähähähääää!!!"

Biblimas musste erheitert lachen. „Zur Hölle mit uns!",
sagte er und leerte ebenfalls seinen Becher. Um Justine
kann er sich morgen kümmern.

Beiden standen auf und begaben sich in Richtung des
großen Feuers.

„Puuh, das Zeug schlägt doch schon ein!", sagte Tilius,
schwankte ein wenig und musste kurz anhalten, um sich
wieder neu zu orientieren.

Biblimas brachte kein Wort heraus. Er hatte zwar keine
Schwierigkeiten sein Gleichgewicht zu halten, hatte aber
das Gefühl, dass er seine Beine nicht mehr kontrollieren
konnte, die aber glücklicherweise gute Arbeit leisteten
und ihn verlässlich nach vorne bewegten. Biblimas hörte
Tilius etwas vor sich her murmelnd, er hatte ihn aber
schon in der Dunkelheit verloren.

Biblimas schwebte weiter nach vorne. Menschen
tauchten um ihn herum auf. Sie schienen auf und ab zu
hüpfen und schrien wild umher. Biblimas konnte ihre
Gesichter nicht sehen und verstand kein Wort.
Irgendwann wurde es sehr grell vor seinen Augen und er
fing plötzlich an zu schwitzen, stellte aber fest, dass das
am großen Feuer lag, vor dem er jetzt stand. Er drehte

sich wie ein Schwein am Spieß, damit er gleichmäßiger schwitzen konnte und er war schwer begeistert von seinem Einfallsreichtum.

„Und jetzt alle!", rief Biblimas vor sich hin und hob seinen Zeigefinger in die Luft. Er bekam aber keine Antwort und war darüber etwas enttäuscht.

Er fing an, seine Umgebung besser erkennen zu können. Die Bewohner und Gäste Falkensteins unterhielten sich laut miteinander oder sprangen um das Feuer herum in einer Art Gruppentanz. Die Stimmung war prächtig und der Abend hatte jetzt seinen Höhepunkt erreicht. All das kam Biblimas irgendwie bekannt vor. Letztes Jahr nahm der Abend einen ähnlichen Lauf. Biblimas lief schwankend durch die Menschenmenge und suchte einen Sitzplatz und achtet sehr bedächtig darauf, mit niemanden zusammenzustoßen. Teilweise musste er im selben Rhythmus wie die anderen tanzen und hüpfen, damit er sich besser voran bewegen konnte. Die Leute sangen dabei ein Volkslied und Biblimas brüllte es mit, um nicht als Spaßbremse aufzufallen. Nach Ende des Liedes fiel Biblimas wieder ein, dass er ja einen Sitzplatz suchte und er hüpfte zum Rand der Wagenburg.

Dort fand er Zuzanna, die mit verschränkten Armen auf einer Holzbank saß und mit zufriedener Miene auf die Menge blickte. Seine Furcht, ihr zu begegnen und Bericht zu erstatten war verflogen. Er ging entschlossen auf sie zu, bereit ihr zu sagen, dass er ein Taugenichts sei und absolut nichts Neues zu erzählen hatte, als Zuzanna ihn erblickte und rief:

„Biblimas! Solltest du nicht mit den anderen tanzen?"

„Zu laut, zu wild", kam Biblimas aus dem Mund und er ließ sich neben ihr nieder.

Sie erwiderte: „Ist nicht genau das dein Königreich?"

„Ist nicht genau das dein Plan?", sagte Biblimas und war sich nicht sicher, was er selbst damit meinte. Zuzanna aber lachte nur. Von irgendwo her kam eine Melodie einer Laute. Friederich musste seine Vorstellung in der Festhalle beendet haben und war nun auch am Feuer, um nun die Leute dort zu unterhalten, was diese jubelnd begrüßten.

Biblimas sagte weiter: „Du sitzt hier am Rand und bist nicht Teil dieses Spiels. Trotzdem scheint es dir an nichts zu fehlen. Du siehst aus wie ein glücklicher Hirte!"

„Ich kenne diese Tänze schon zu gut und zu lange. Ich kenne die Kreise, in denen sich alle drehen. Ich gehe schon lange meinen eigenen Weg", sagte sie erfreut.

„Und was für ein Weg ist das denn?", fragte Biblimas.

„Jemand muss sich ja um die närrische Bande hier kümmern. Auch um dich, Biblimas!"

„Und ist es Glück und Freude, was wir dir bescheren?", fragte Biblimas zweifelhaft und blickte in die Menschenmenge. Dort sah er Tilius, der mit freien Oberkörper und wunderlichen Tanzbewegungen eher unsichtbaren Motten auszuweichen scheint, als die Mägde zu beeindrucken, die vor ihm standen.

Zuzanna sagte, „Nun, alles was ich sehe, ist eine Meute mit vollen Bäuchen und feuchte Kehlen, die ausgelassen tanzen. Wir lachen zusammen, wir träumen zusammen, wir leben zusammen. Oder etwa nicht?"

Biblimas schwieg kurz und sagte dann nickend: „Du hast wie immer Recht, Zuzanna."

Sie klopfte im auf dem Rücken und fragte: „Warum tanzt du heute nicht?"

„Ich glaube, ich kann meine Füße nicht mehr bewegen", sagte Biblimas und musste über sich selbst lachen.

Zuzanna lachte ebenfalls und sagte in einem Ton eines alten Kriegsveteranen: „Vergiss deine Beine! Höre auf die Musik, verliebe dich in die kleinen Dinge!"

Biblimas rieb sich das Gesicht in seinen Händen. „Das ist ja auch ein Teufelszeug, dass Wilius uns da gebraut hat", sagte er stöhnend.

„Kein Teufelszeug! Das sind die Geschenke von Mutter Natur!", rief Zuzanna lachend und klopfte ihm wieder auf den Rücken, als sich Tilius wie aus dem Nichts zwischen die beiden warf.

„Gegrüßt seid ihr! Mutter! Ist noch was vom Schwefel übrig?", fragte Tilius.

„Was?", sagte Biblimas verwirrt.

„Schwefel. Wo ist das Schwefel?", frage Tilius.

Zuzanna erwiderte mit besorgter Stimme: „Welche Untat willst du denn schon wieder anrichten?"

Tilius rief laut: „Dämonen werde ich beschwören, um böse Drachen zu bekämpfen!"

„Nur, weil die schönen Mägde dich nicht wollen, sind sie noch lange keine bösen Drachen!", antwortete Zuzanna amüsiert.

„Unfug! Die Frauen lieben mich!", sagte Tilius und zeigte nun mit seinem Finger auf Biblimas, der ins Nichts starrte und noch immer von Tilius' Suche nach Schwefel verwirrt war. „Biblimas! Spiel uns ein Lied! Dieser Friederich verhext doch alle hier mit seinen krummen Tönen!", brüllte er Biblimas ins Ohr.

Biblimas hob seine Hände und betrachtete sie fasziniert. „Ich glaube, ich kann nicht mehr...", sagte er und beide mussten kichern.

„Wo ist denn dieser alberne Typ? Die tanzende Zielscheibe?", frage Tilius.

„Kaspar? Der will nicht mehr. Der ist schon lange weg."

„Was für ein Kerl. Bricht einfach sein Spiel ab und geht. Ich wäre ja froh, wenn mir der Adel Essen zu schmeißen würde."

Zuzanna sprang wieder ein: „Der hat Prinzipien, dieser Kaspar, davon kannst du dir eine dicke Scheibe abschneiden!"

„Pfff! Prinzipien!", erwiderte Tilius empört. „Prinzipien! Jaah, genau!", rief er dann plötzlich und stand wieder auf. Er verlor kurz das Gleichgewicht, fasste sich schnell wieder, stemmte eine Hand in die Hüfte und streckt die andere aus, als hätte er ein Goldstück in den Händen. Dann rief er voller Überzeugung: „RHA-BAR-BER!"

Dann stolzierte er davon und verschwand unter dem feiernden Volk. Biblimas blickte ihm neugierig hinterher. Zuzanna stand nun auch auf und sagte zu ihm, als ob Tilius nie da gewesen wäre: „Geh tanzen oder geh weiter, Biblimas. Wie gesagt, du wirst schon die richtige Entscheidung treffen."

Sie klopfte ihm auf die Schulter und verschwand leise hinter ihm.

Biblimas blickte wieder zum Feuer. Er konnte das Knacken und Pfeifen des brennenden Holzes hören. Die Musik von Friederich war mittlerweile verstummt. Da hatte sicherlich Tilius seine Hände am Werk, dachte sich Biblimas, der die Abneigung von Tilius gegenüber Friederich nie verstanden hatte.

Biblimas beobachtete die Geschehnisse um das Feuer. Da die Musik beendet war, war dies wohl für viele ein Anlass sich schlafen zu legen oder noch mehr Met zu holen. Braumeister Hubertus war aber schon lange nicht mehr da, was für etwas Unruhe und Verwirrung sorgte. Die restlichen Leute am Feuer stritten, lachten und johlten weiter vor sich hin. Manche glotzen ins Nichts oder in ihre leeren Becher. Biblimas beobachtete eine Weile das Treiben und war fasziniert von der freizügigen Sorglosigkeit der Leute, mit der sie ihre Nacht und wohl auch ihr Leben verbrachten. Wie die Schafe, dachte er sich. Kein Wunder, dass Zuzanna so eine glückliche Hirtin ist.

„Wie die Schafe", sagte eine Stimme zu ihm. Biblimas erschrak und zweifelte kurz an seinem Verstand. Biblimas blickte ins Feuer als hätten die Flammen zu ihm gesprochen.

„Aber alles gute Menschen. Scheinbar harmlos ihn ihrem Tun und Denken, was?", sagte die Stimme wieder.

Biblimas blickte nun zur Seite und in das Gesicht eines jungen Mannes, mit dem er schon einmal gesprochen hatte, aber dessen Namen er vergessen hatte. Das Gesicht blickte zurück und grinste breit. Einen Moment lang geschah nichts Weiteres. Dann fragte das Gesicht: „Määääähähähäää?" und lachte fröhlich.

Biblimas starrte wieder ins Feuer und sagte: „Wir alle streben nach unserer Bestimmung."

Er war sich nicht sicher, ob seine Antwort geistreich genug war für die Frage des Gesichts. Dieses antwortete aber zügig: „Wir alle haben unsere Zweifel, aber wir sind nicht alle mutig genug, ordentlich damit umzugehen."

Das Gesicht stand auf und wackelte davon, ohne sich zu verabschieden.

Biblimas blickte wieder in die Flammen. Es war nun still geworden und man hörte nur noch das leise Prasseln des Feuers. Er nahm noch die schattenhaften Umrisse einiger Leute wahr, die langsam um ihn umherhuschten. Die hungrigen Flammen und die weiße Glut zogen Biblimas in eine Welt, die keine Fragen stellt und wo es keine Kompromisse gibt. Hier sind die Regeln eindeutig: Alles brennt und wird verbrennen. Alles wird zu Asche und verschwindet.

„BIBLIMAS!!!", rief die Stimme von Tilius mit grölender Stimme, für die er als Antwort ein mehrstimmiges Murren aus verschiedenen Richtungen aus der Nähe des Feuers bekam, wo manche Leute auf dem Boden oder Sitzbänken zu schlafen versuchten. Lange abgelenkt vom

Feuer, das mittlerweile klein geworden ist, merkte Biblimas, dass die Sonne bald aufgehen würde.

„Biblimas!", rief Tilius wieder, diesmal wesentlich leiser.

Biblimas schaute in Richtung der Ställe, von der Tilius zum Feuer stolperte. Sein Hemd und seine Hose waren halb aufgeknöpft und er schwitzte.

„Lass uns was essen!", sagte er zu Biblimas, als er neben ihm stand.

Biblimas nickte, stand langsam auf und streckte sich. Er starrte Tilius einen Moment lang an und wusste nicht, was als nächstes passieren soll, bis Tilius sich umdrehte und in Richtung des Küchenwagens zeigte und dort hinging.

„Ich könnte ein ganzes Wildschwein fressen", sagte Biblimas und folgte ihm.

Kapitel 8

Wilius rührte in seinem dampfenden Topf herum. Die Sonne würde jeden Moment aufgehen und es war etwas kalt geworden, deshalb ist diese Suppe genau das, was Biblimas und Tilius jetzt brauchten. Sie waren zurück an Wilius Küchenwagen und saßen sehr eng um das kleine Feuer herum, über dem Wilius mit einem Gestell seinen Topf hängen hatte und die Suppe vor sich hin blubbern ließ. Die beiden starrten wie verhext in den Topf hinein und sagten kein Wort, während Wilius die ganze Zeit am Reden war. Lange war Biblimas von der Suppe hypnotisiert, bis Wilius sagte: „...für solche Pläne kommst du in die Hölle, Biblimas!", und dabei seinen tropfenden Löffel auf ihn richtete.

Biblimas kam wieder zu sich und blinzelte. „Dort ist es wenigstens schön warm!", fiel ihm spontan als Antwort ein. Tilius schien auch wieder den Faden aufgenommen zu haben und beteiligte sich am Gespräch mit einem Kichern.

„Man muss erst sein eigener Held werden, bevor man der Held für andere sein will!", sagte Wilius und rührte weiter die Suppe um.

Biblimas holte tief Luft. Er hatte vollkommen vergessen, worüber Wilius hier eigentlich redete, hatte aber das Gefühl, dass es sehr wichtig zu sein schien. Biblimas wunderte sich, wie er denn die Energie aufbringen konnte, die ganze Nacht durch zu machen und jetzt noch ein solch tiefgründiges Gespräch zu führen. Er war am Verhungern und war froh, dass Wilius gerade dabei war, seine berüchtigte Zwiebelsuppe mit Speck vorzubereiten. Selbst Wilius stand wohl auch noch unter dem leichten Einfluss des Wurmkrauts und konnte es ebenso kaum erwarten, denn er verspeist schon während der Zubereitung die verschiedenen Zutaten, was er Biblimas und Tilius mit erhobenen Löffel erfolgreich verwehrt hatte.

Biblimas nahm das Wort auf, auch wenn er sich nicht sicher war, ob dies denn zur bisherigen Diskussion beitrug oder nicht: „Ich glaube einfach, dass ich generell keine Chance bei ihr haben werde. Der Grund, dass ich Teil dieser Gruppe bin, stempelt mich ab und ich werde nie weiterkommen."

„Du bist schon sehr weit gekommen, Biblimas", sagte Wilius und reichte den beiden jeweils eine leere Schüssel und einen Löffel. Er testete die Suppe ein letztes Mal und sagte anschließend: „Sie ist vor allem fasziniert von deiner Kunst, weniger von deiner Persönlichkeit, wenn du verstehst was ich meine. Verwechsele beides nicht und vergiss nicht, dass sie ja verheiratet ist. Ihr Herz ist vergeben."

Biblimas erwiderte: „Aber warum spannt sie den Bogen denn soweit? Sie reist ohne ihren Gatten und sie gibt sich offen mit mir ab, vor den Augen aller. Ich habe ja einen gewissen Ruf, das ist ja kein Geheimnis."

„Sie ist zweifellos eine einzigartige Frau, die genau weiß, was sie will", antwortete Wilius und füllte ihre Schüsseln mit der Suppe.

Biblimas und Tilius begannen schlürfend zu essen. Nach ein paar Minuten sagte Biblimas: „Sie schafft es immer, dass wir uns sehr schnell, sehr nahekommen und stößt mich dann genauso schnell und eiskalt wieder ab. Sie spielt dieses Spiel schon seit dem Frühlingsfest vor einem Jahr, als wir uns das erste Mal trafen."

Tilius sagte mit vollem Mund: „Sage ich ja: Das hört sich an, als ob sie dich an der Nase herumführt und nicht umgekehrt!", und musste dabei glucksen.

Wilius stimmte mit ernster Miene zu: „Tilius hat Recht. Ihr ist vielleicht genau bewusst, auf was du hinauswillst und dass deine Bemühungen sie nur zu missbrauchen versuchen. Sie ist gebildet und intelligent. Vielleicht mag sich dich wirklich, aber sie ist aus guten Gründen hartnäckig."

„Sie nennt mich einen Zigeuner...", sagte Biblimas nachdenklich.

„'Bist ja auch einer!", erwiderte Tilius forsch.

„Du weißt, was ich meine", sagte Biblimas.

„Du musst was ändern. Und wie ich gehört habe, hast du jetzt mit Kaspar sogar noch Konkurrenz bekommen", sagte Wilius.

„Um Kaspar werde ich mich kümmern", sagte Biblimas. „Mir fällt schon was für ihn ein."

„Unterschätze ihn nicht, mein Lieber. Er mag ein Grünschnabel sein, aber ehrlich gesagt, erinnert er mich sehr an dich selbst", erwiderte Wilius.

„Ich kann dir dabei helfen, dass er heute Abend gar nicht erst spielen wird", sagte Tilius mit einem Zwinkern zu Biblimas.

Biblimas blickte Tilius an, der nun seine Suppe zu Ende schlürfte. Er wusste, dass Tilius nur scherzte, aber alle seine Taten beginnen irgendwie immer mit einem Witz. Wenn Tilius Witze macht, dann meinte er das ernst.

„Was schwebt dir denn vor?", antwortete Biblimas und bereute, dass er sich auf Tilius' Spiel einließ. Aufhalten konnte man ihn so gut wie nie, aber man konnte zumindest seine Pläne beeinflussen.

„Ich verpasse ihm dasselbe Rhabarber-Schwefel Gemisch, wie wir es auch für die Wachen heute Nacht geplant haben", antwortete Tilius mit einem Rülpsen und wischte sich den Mund ab.

Biblimas war nicht sonderlich überrascht von Tilius' Kreativität. Er war kein grundsätzlich boshafter Mensch, testet aber ständig die Grenzen des Möglichen.

„Vielleicht können wir sogar die Schuld auf ihn lenken, anstatt auf die Dienerschaft", sprang Wilius nun ein.

„Du meinst, du willst glaubhaft machen, dass Kaspar die Juwelen gestohlen hat?", fragte Biblimas.

„Ja! Er ist weniger vertrauenswürdig. Der Adel und die Prinzessin kennen dich schon lange. Kaspar ist neu am Hofe und unbekannt. Wenn wir es schaffen, ihn auf irgendeine Weise verdächtig zu machen, dann wird es uns leichter fallen, unsere Ziele zu erreichen und davon zu kommen", sagte Wilius.

Biblimas musste zugestehen: „Es macht Sinn."

„Außerdem wird es dich ins bessere Licht stellen. Du wirst derjenigen sein, dem der Adel noch mehr vertrauen wird, weil du derjenige bist, der ihnen sagt, dass Kaspar der Dieb ist und alle nur verführt und böse Absichten hatte", fügte Wilius hinzu.

„Das bedeutet, dass wir zuerst Kaspar näher an Justine lassen müssen, um ihn dann in die Falle zu locken", sagte Biblimas, der sich nicht sicher war, ob er dem überhaupt zustimmen könnte.

Alle drei schwiegen und verdauten ihre neuen Ideen.

Irgendwann fragte dann Tilius: „Also doch kein Rhabarber für Kasper?"

Kapitel 9

Biblimas und Tilius standen vor der ausgebrannten Feuerstelle. Die Glut war noch heiß und einzelne Holzstücke ließen Rauch aufsteigen. Die Sonne war mittlerweile aufgegangen und vereinzelt fingen die ersten Bewohner der Burg schon an, ihrer täglichen Arbeit nach zu gehen. Nachdem sich die beiden von Wilius, welcher sich schlafen legte, verabschiedet hatten, entschieden sich die beiden, noch einen letzten Trunk vor dem Schlafe zu nehmen. Es war eine Leichtigkeit noch genügend Met zu finden, denn etliche herrenlose Krüge standen noch herum und man konnte sich schnell einen vollen Krug zusammenmischen.

„Was wissen wir über Kaspar?", fragte Tilius.

„Er ist ein Barde auf Wanderschaft, wie ich selbst vor langer Zeit. Wir haben eigentlich nur über unsere Kunst geredet und ich konnte nicht mehr erfahren. Er verwendet verschiedene Techniken, also glaube ich, dass er die von irgendwo her gelernt haben muss. Außerdem war seine Feuereinlage etwas, was nur Musiker aus dem

Wandervolk ihm hätten beibringen können", antwortete Biblimas.

„Was will der überhaupt hier?"

„Keine Ahnung. Das hat er nicht gesagt."

„Irgendwas fehlt an seiner Geschichte", sagte Tilius.

„Ich kann heute Abend mehr Zeit mit ihm verbringen, um mehr zu herauszufinden", sagte Biblimas, den der Met nun sehr müde machte.

„Bring du ihn und die Prinzessin zusammen. Ich kann ihn vielleicht dabei helfen, sich an Drogan zu rächen. Das wird sein Vertrauen in uns vergrößern", sagte Tilius.

„Wie du meinst...", sagte Biblimas.

„Du kannst weiter die Prinzessin auf ihn aufmerksam machen. Vielleicht schaffst du es, ein gutes Wort für ihn bei ihr einzulegen. Das wird sie von Kaspar überzeugen und ihr Interesse steigern. Das wird später nützlich sein, denn wenn wir ihn verdächtig machen können, wirst auch du deine Enttäuschung mit ihr teilen können."

Tilius war ihn seinem Element. Biblimas war zu müde, um weiter mit ihm diese Pläne zu schmieden und wollte sich eigentlich nur noch schlafen legen. Tilius aber sprach weiter: „Wir brauchen aber noch einen Beweis, der sich klar auf Kaspar zurückleiten lässt."

„Und was wäre der Beweis?", fragte Biblimas schon leicht desinteressiert.

„Ich muss erst noch mehr über ihn herausfinden", sagte Tilius knapp und trank sein Met.

Biblimas hatte genug. Er hatte genug vom Met, er hatte genug vom Pläneschmieden, er hatte genug von allem und brauchte dringend Schlaf, konnte sich aber noch nicht dazu bewegen, endlich einen Schlussstrich zu ziehen.

„Lass schlafen gehen", sagte er zu Tilius und schüttete seinen restlichen Met in die heiße Asche, was es zischen und muffigen Rauch aufsteigen ließ. „Ich bin fertig."

„Es ist ein guter Plan und wird uns alles einfacher machen", sagte Tilius weiter.

„Wird uns was einfacher machen?", fragte Biblimas genervt, ohne eine wirkliche Antwort hören zu wollen.

Tilius sagte nichts und trank weiter seinen Met.

Biblimas drehte sich in Richtung der Wägen. Bevor er losging, sagte er noch zu Tilius: „Schlaf erst mal darüber, morgen ist ein neuer Tag. Also heute. Weißt schon...“

Biblimas ließ Tilius allein, der weiterhin mit grüblerischer Miene seinen Met trank und schwieg.

Als Biblimas in seinen Wagen stieg und sich erschöpft in seine Hängematte schmiss, ließ ihn der Gedanke nicht los, nun tatsächlich Kaspar dabei zu helfen, die Gunst der Prinzessin zu erlangen. Er musste zugestehen, dass es dem größeren Plan von Zuzanna diente, aber er konnte es nicht leiden, dass er nun persönliche Zugeständnisse eingehen musste. Die Anerkennung der Prinzessin war schon lange sein eigenes Ziel und dass sich die Umstände in so kurzer Zeit änderten, verwirrten und demotivierten ihn. In ihm kam wieder dieselbe Wut auf, die er schon im Festsaal spürte, trotz der Demütigung des Adels gegenüber Kaspar.

Eine Weile lang trieben sich diese Gedanken in Biblimas' Kopf, bis er endlich in den Schlaf verfiel, den er so lange brauchte.

Kapitel 10

Biblimas erwachte. Der lärmende Alltag der Burg riss ihm aus dem Schlaf und es brauchte einen Moment, bis er sich wieder orientieren konnte. Er fühlte sich ausgeruht, auch wenn er wusste, dass er nicht lange geschlafen hat.

Er erhob sich aus seiner Hängematte und dachte sofort an die Geschehnisse aus letzter Nacht. Zuzanna wusste noch immer nichts und Biblimas spürte, dass je länger ihr nicht darüber berichtet wird, desto unberechenbarer wird ihre Reaktion. Vielleicht hat Wilius ihr schon alles gesagt, aber es wäre wohl besser, wenn Biblimas auch nochmal mit ihr redet. Er will nicht als Feigling dastehen, der versucht, ihr aus den Weg zu gehen.

Draußen war der Tag in seinem vollen Lauf und schien Biblimas nicht zu brauchen. Er blickte sich im Wagen um und konnte Tilius nicht in seiner Hängematte finden. Er bezweifelte, dass er es jemals in den Wagen geschafft hat. Er hat sich wohl woanders schlafen gelegt.

Biblimas stand auf und merkte erst jetzt, dass er seit seiner Ankunft auf Falkenstein seine Klamotten nie gewechselt hatte. Er öffnete seine Truhe und holte seine schwarze Robe mit den roten Ornamenten heraus, die er sogleich anzog und sich selbst auch gleich frischer fühlte.

Als er den Wagen verließ, musste er kurz blinzeln, weil die Sonne schon an ihrem Höhepunkt war und seine Augen sich erst daran gewöhnen mussten. Die Menschen auf der Burg waren alle fleißig am Arbeiten, was für die Bewohner ihre übliche handwerkliche oder landwirtschaftliche Tätigkeit bedeutete und für die Besucher der Handel mit ihren Waren. Biblimas suchte sich etwas zum Frühstück und ging zu einem Obsthändler, dem er eine Münze für einen großen Apfel gab, in den Biblimas sogleich hineinbiss.

Er schlenderte ohne Ziel durch die Gassen zwischen den Wägen und Häusern und beobachtete die Leute bei ihrer Arbeit, von denen ihn einige freundlich begrüßten. Biblimas war noch nicht in der Stimmung für ein Gespräch, aber er erwiderte die Begrüßungen und ließ sich einfach weitertreiben. Er genoss seine Ruhe, die er trotz der gestrigen Ereignisse hatte. Er hatte zwar einen Kater, aber der süßsaure-saure Apfel war wie eine verführerische Muse und sein Kopf war vollkommen frei von den Gedanken der letzten Tage.

Als er am Westturm vorbeikam und von der Idee besessen war, dort hinaufzusteigen und die weite Aussicht, sowie die frischere Luft zu genießen, fand er dort am Eingang glücklicherweise den Wächter Hermann, mit dem er sich noch am Vorabend am Lagerfeuer kurz unterhalten hat. Biblimas schätzte ihn aufgrund seines Pflichtbewusstseins, aber er wusste auch, dass man mit ihm allemal verhandeln konnte, damit er dort hinaufsteigen konnte.

„Mein ehrenwerter Hermann! Was macht die Arbeit?", fragte Biblimas als er ihm näherkam.

„Guten Tag, Biblimas! Alles unter Kontrolle hier. Wie ist denn dein Tag so?", sagte Hermann mit freundlicher Stimme, aber seine Lanze mit beiden Händen im festen Griff, als ob er jederzeit einen Angriff von Biblimas mit Leichtigkeit abwehren konnte.

„Gestern war eine lange Nacht und heute wird es wieder eine lange Nacht werden!", antwortete Biblimas mit einem Grinsen.

„Das übliche Spiel, was?", sagte Hermann.

„Das übliche Spiel, du sagst es. Sag mal, meinst du ich kann auf die Spitze des Turmes und einen besseren Blick auf die Burg und eure Ländereien haben? Alles unter deiner Kontrolle natürlich...", fragte Biblimas und bereute etwas, dass er nichts als Gegenleistung vorbringen konnte.

Hermann musterte ihn kurz und antwortete: „Naja, ich weiß nicht, vor allem nachdem was heute Morgen passiert ist. Wir müssen alle heute ein wenig vorsichtiger sein."

Biblimas begriff seine Aussage nicht. „Heute Morgen? Um ehrlich zu sein, ich bin erst vor kurzen aufgewacht, dieser Met hier ist ein wahres Schlafmittel, wenn du weißt, was ich meine...", sagte Biblimas mit einem Lachen und stieß Hermann auf die Schulter.

Hermann nahm den Witz überhaupt nicht auf. Er rührte sich nicht und blickte Biblimas mit zweifelnder Miene an. Er sagte: „Dein Freund, der lange Typ, der auf den Namen Tilius hört?"

Biblimas war verwirrt und merkte sogleich, dass er in einen Fettnapf getreten war. „Was ist mit ihm?", fragte er nun vorsichtig.

„Er ist in die Veste eingebrochen. War völlig betrunken und hatte einen Sack voller Scheiße dabei. Ich frage mich, wie er denn überhaupt so weit kommen konnte. Mit mir als Wache hätte er keinen Fuß in die Veste gesetzt."

„Sicherlich nicht", antwortete Biblimas verdutzt und wusste nicht, was er sonst sagen sollte.

„Du weißt nichts davon?", fragte Hermann.

„Ich höre das zum ersten Mal", antwortete Biblimas und spürte mit jeder weiteren Sekunde, wie sich das Ausmaß dieser schlechten Neuigkeit vergrößerte.

Hermann sprach weiter: „Man hat ihn in der Nähe der Waffenkammern erwischt und sofort eingesperrt. Er hat wohl Glück, denn König Daniel befahl, eine öffentliche Bestrafung zu vermeiden, weil er fürchtete, dass die Peinlichkeit eines erfolgreichen Einbruchs in das Herz seiner Burg seine adeligen Gäste nur verschrecken würde."

„Ich muss los. Man sieht sich!", sagte Biblimas knapp und wollte sich fortbewegen, als Hermann noch zu ihm sagte: „Biblimas, das bleibt aber unter uns. Von mir hast du das nicht erfahren!"

Biblimas hielt inne und blickte ihn an.

„Ich danke dir, Hermann, du bist ein guter Soldat und noch besserer Freund!", sagte er und meinte es auch.

Hermann nickte ihm zu und Biblimas ging schnell zurück zur Wagenburg.

Er war nicht sonderlich überrascht über den Verbleib von Tilius. Es war nicht das erste Mal, dass er verhaftet worden war für seine Untaten, aber dieses Mal kam es zum wohl ungünstigsten Zeitpunkt. Er musste nun Zuzanna treffen und alles beichten, denn wenn er es weiter verschwieg, wurden seine Probleme nur größer. Er hoffte, dass ein alternativer Plan erarbeitet werden könnte, ansonsten war die Arbeit und Vorbereitung vieler Wochen umsonst.

Er wusste noch immer nicht, wie er denn die Situation erklären sollte, als er am Küchenwagen ankam. Dort vor dem Eingang des Wagens fand er Zuzanna und Wilius, die sich nun beide zu ihm umdrehten. Zuzanna's Blick sagte Biblimas klar und deutlich, dass er sich die Neuigkeit über Tilius sparen konnte.

Soviel über die Geheimhaltung solcher Vorfälle auf Falkenstein, dachte sich Biblimas.

Kapitel 11

Biblimas ging die Treppe hinunter in den Gewölbekeller der Burg. Die Wache, die er für mehrere Tagelöhne in Hellern bestechen konnte, gab ihm eine Fackel und beschrieb ihm den Weg zur Zelle, in der Tilius eingesperrt war. Am Ende der Treppe angekommen, sah er einen überraschend kurzen Gang vor sich, der links und rechts mit den schweren Gittern der Zellen versehen war. Aber es war vor allem der Gestank, den Biblimas an diesem Ort so sehr beeindruckte. Er musste ungewollt an eine Mischung aus totem Reh, Kloake und Schweiß denken.

Er passierte mehrere Zellen, die zum Teil mit finsteren Gestalten besetzt waren, die ihn nicht weiter zu beachtet schienen. Als er an der entsprechenden Zelle ankam, konnte er dort auch seinen alten Gefährten finden, der an der Wand angekettet war. Als Tilius aufblickte, rief er laut, sodass es im Keller unangenehm schallte: „HEEEEEEEEEEYYY!!! BIBLIMAS!!! Komm rein, hier ist noch Platz für dich!"

„Halt die Klappe, du Schwachkopf!", sagte Biblimas nervös und blickte zum Treppenaufgang und dachte an das Versprechen an die Wache, dass er die Sache schnell und kurz angehen würde.

Er schaute wieder auf Tilius und setzte sich auf den Boden, was er sogleich bereute, als er kalte Feuchtigkeit durch seine Hose spüren konnte. Er lehne seinen Kopf an das Gitter und flüsterte zu Tilius: „Alles klar bei dir? Dir scheint es ja an nichts zu fehlen, oder?"

„Bei mir alles prächtig! Die Königin serviert hier das Frühstück und hat dabei nur ihre Krone auf. Ein wunderbarer Ort!", rief Tilius, der mit seinem glasigen Blick durch Biblimas hindurchschaute.

„Zuzanna wird ganz froh sein, zu wissen, dass es dir gut geht. Dann kann ich sie ja beruhigen", sagte Biblimas und versuchte weiterhin das Gespräch so leise wie möglich zu halten, was aber für Tilius eine große Herausforderung zu sein schien.

„Kannst du näherkommen?", fragte er Tilius, der tatsächlich langsam aufstand und einige Schritte zum Gitter machen konnte, soweit es die Ketten erlaubten und er sich wieder hinsetzte.

„Was zum Henker ist passiert? Du wolltest in die Waffenkammer? Warum die Waffenkammer?", flüsterte

Biblimas leicht aufgeregt und konnte nun Tilius'
blutunterlaufende Augen sehen.

„Wieso Waffenkammer?", fragt er.

„Man hat dich verhaftet, weil du in die Waffenkammer
einbrechen wolltest!"

Tilius musste lachen. Dann sagte er: „Humbug! Ich wollte
zu den Schlafkammern! Ich habe mich verlaufen!"

Biblimas schaute ihn ungläubig an. „Verlaufen?"

„Jaah, ich wollte in die Schlafkammer von Drogan und
ihm ein Geschenk von Kaspar hinterlassen!", sagte Tilius
und formte etwas Großes mit seinen angeketteten
Händen. „Einen schönen Haufen Eselscheiße!"

Biblimas stöhnte. Die Tatsache, dass Tilius nur einen
Streich spielen wollte, beruhigte ihn. Er hatte
Schlimmeres erwartet, auch wenn Tilius am Ende im
Kerker gelandet ist.

Biblimas fragte weiter: „Wie kommst du überhaupt dazu?
Ich dachte du wolltest mehr über Kaspar herausfinden?"

„Wollte ich ja auch! Als ich mich in den Ställen schlafen
legen wollte, habe ich auf einmal Kaspar näherkommen

sehen. Der Typ ist in aller Irrsinns Frühe aufgestanden und ich bin ihm heimlich gefolgt. Er hat sich kurz um seinen Esel gekümmert und ist weiter zwischen den Häusern umhergelaufen. Ich musste jedenfalls daran denken, was Drogen ihm angetan hat und ich wollte ihn dafür rächen!", sagte Tilius.

Biblimas schüttelte den Kopf und fasste zusammen: „Du wolltest nie in die Waffenkammer, sondern wolltest dich in Kaspars Namen mit einem Sack voller Eselscheiße bei Drogan rächen?"

„Haargenau!", antwortete Tilius voller Stolz.

Biblimas musste sein Lachen verkneifen. Diese Kombination aus Heldenmut und Dummheit war typisch für Tilius. Er hat oft das Gefühl, dass Tilius vielmehr daran interessiert ist, eine gute Geschichte zu liefern, anstatt selbst eine gute Geschichte zu sein. Es war irgendwie beruhigend zu wissen, dass er noch ganz der Alte ist.

„Dir ist klar, wo du uns mit Zuzanna's Plan lässt?", frage Biblimas, auch wenn er selbst die Antwort nicht genau kannte.

„Hast du mit ihr gesprochen?", fragte Tilius zurück, der plötzlich ganz ernst wurde.

„Natürlich! Sie hat mich hierhergeschickt."

„Und?"

„Und? Was glaubst du denn? Sobald du hier raus bist, reißt die dir den Kopf ab!", antwortete Biblimas.

Tilius starrte auf den Boden und gab keine weitere Antwort. Biblimas war sich sicher, dass er schon einige Zeit hatte, über die Konsequenzen seiner Tat nachzudenken und zu wissen, wie er die Sache wieder gut machen kann, auch wenn es nicht leicht sein wird.

Biblimas spürte nun wieder seinen Kater und rieb seine Stirn. Er wollte nach etwas zu trinken für sich und Tilius suchen und merkte erst jetzt, dass die einzige Lichtquelle im Kerker seine Fackel ist. Etwas Trinkbares konnte er nicht sehen.

Tilius fragte in diese Dunkelheit hinein: „Und was ist mit der Prinzessin?"

Biblimas überlegte einen Moment. Es ist heute das erste Mal, dass Biblimas an Justine dachte, was ihn etwas überraschte.

„Naja, alles irgendwie beim Alten", sagte Biblimas und merkte, wie hoffnungslos diese Antwort war.

Tilius brummte nur und nickte.

Biblimas sagte weiter: „Ich weiß nicht genau, was ich jetzt weitermachen soll. Die Idee, Kaspar eine Falle zu stellen machte Sinn, aber wenn du jetzt hier sitzt, anstatt die Juwelen stehlen zu können, dann ist der Plan auch im Eimer. Ich selbst werde die Juwelen nicht stehlen können. Das wäre zu gefährlich und wir würden alle auffliegen."

„Vergiss die Juwelen, vergiss die Prinzessin", sagte Tilius plötzlich.

„Was?"

„Vergiss die Juwelen und vergiss die Prinzessin!", widerholte Tilius und kam Biblimas so nah wie die Ketten es zuließen. „Du versuchst doch schon seit über einem Jahr dein Glück mit der Prinzessin und bist nie so wirklich an sie rangekommen. Ich verstehe schon die ganze Zeit nicht, was du denn überhaupt von ihr willst!"

Biblimas blickte seinen alten Freund überrascht an. Diese Aussage schien einen Knoten bei Tilius zu lösen.

„Du bist ein Taugenichts, Biblimas! Ein Spieler! Die Prinzessin blickt auf dich hinab, als wärest du ein Hund! Ich glaube, du hast Zuzanna und vor allem dir selbst die ganze Zeit was vorgemacht!", fügte er hinzu.

Biblimas spürte, dass er die Wahrheit sagte. Eine Wahrheit, von der er sich schon lange bewusst war, die er aber die ganze Zeit ignorierte.

Aus Tilius sprach weiter der Frust: „Du hast dich tiefer und tiefer in diese Illusion hineingeritten. Das Ganze war vielleicht deine Idee, aber es war Zuzanna's Plan, daraus Profit zu schlagen!"

Er hatte Recht. Biblimas hatte tatsächlich Zuzanna davon die ganze Zeit überzeugen können, dass es ein guter Plan war und dass es ihm gelingen würde, das Vertrauen der Prinzessin so sehr zu gewinnen, dass sie ihn in ihre Gemächer einladen würde und ihm alles erzählen würde. Er hatte sich und seine Möglichkeiten wohl tatsächlich überschätzt, denn wirkliche Fortschritte gab es nicht und er hatte die Prinzessin auch lange falsch eingeschätzt.

„Du musst ihr die Wahrheit sagen!", sagte Tilius.

„Wem?", frage Biblimas.

„Na beiden! Der Prinzessin und Zuzanna!", rief Tilius laut und Biblimas konnte seinen alkoholisierten Atem riechen.

„Psst... sei bitte leise! Ich habe der Wache versprochen..."

„Du musst beiden die Wahrheit sagen!", rief Tilius ihm dazwischen, diesmal noch lauter.

Biblimas blickte zu den anderen Zellen und zur Treppe und war froh niemanden zu sehen oder zu hören. Er schaute wieder auf Tilius, dessen Gesicht im Licht der Fackel wie die Fratze eines Dämons auf ihn starrte. Tilius lehnte sich nun wieder zurück und gab den Ketten nach, die rasselnd auf dem Kerkerboden aufschlugen. Dann sagte er mit ruhiger Stimme zu Biblimas: „Du machst das schon irgendwie."

Biblimas sah Tilius nun die durchzechte Nacht an. Er brauchte seine Ruhe, aber wirklich helfen konnte er ihm nicht. Biblimas musste auch wieder zurück, denn die Wache wurde sicherlich schon nervös.

„Vertrau mir, Tilius, ich kriege das schon gebacken...", versicherte Biblimas und stand auf.

„Klar, kriegst du das hin. Du bist ja immer noch Biblimas aus Kleiberneim", sagte Tilius und musste breit grinsen.

„Kann ich irgendetwas für dich tun?", fragte Biblimas.

„Du kannst mich endlich mal schlafen lassen! Ausbrechen will ich im Moment überhaupt nicht", antwortete Tilius, der nun zur Wand zurückkroch und sich aus dem Licht der Fackel begab.

„Alles klar...", sagte Biblimas und beobachtete Tilius' dunkle Gestalt, die sich am anderen Ende der Zelle wie eine Katze langsam kleiner machte und trotz der Umstände eine scheinbar komfortable Schlafposition einnahm.

Biblimas ging nun zurück zur Treppe nach oben, wo die Wache ihm sicherlich drohen würde, ihn zu verraten und das Geld einzukassieren, weil er so verdammt lange gebraucht hatte. Als er am Treppenansatz ankam, rief Tilius' Stimme aus der Dunkelheit:

„Aber vielleicht kannst du endlich mal ausbrechen!"

Kapitel 12

Nach einer kurzen und hitzigen Diskussion mit der Kerkerwache, die er nur beruhigen konnte, indem er ihm zwei weitere Heller gab, ging Biblimas zügig zurück zur Wagenburg, wo Zuzanna und Wilius ihn sicherlich erwarteten. Er hatte zwar Neuigkeiten über Tilius, aber er fühlte sich nicht vorbereitet auf eine Auseinandersetzung mit den Beiden. Biblimas fühlte sich verantwortlich für Tilius, weil er die letzte Person war, mit der Tilius gesprochen hat, bevor er diesen Alleingang gestartet hat. Zudem ist Tilius' Hochmut auf die gestrige Trinkerei zurückzuführen und Biblimas war nicht wirklich einer, der jemanden dazu motivieren würde, weniger zu trinken.

Je näher Biblimas zum Küchenwagen kam, desto größer wurde sein Unmut, desto unsicherer wurde er, wie er die Situation beschreiben und mit den Konsequenzen umgehen sollte. Er ist zwar auf das Diktat von Zuzanna angewiesen, aber dieses Mal fühlte er sich, als ob er dessen nicht gerecht wurde.

Er hatte viele Wendemöglichkeiten, um letztlich einen anderen Weg einzuschlagen und um die Konfrontation mit ihr zu vermeiden, aber er lief zu ihr zurück, wie das noch halbblinde Kalb zur Mutter. Aber nicht aus Bedürftigkeit oder Hilflosigkeit. Er war erfüllt mit wütender Frust. Über Zuzanna's Plan, der drohte außer Kontrolle zu geraten. Über Tilius, den Biblimas von allen am meisten brauchte. Über Kaspar, weil bei ihm alles so leicht aussah. Über die Prinzessin, die liebevoll und aufmerksam, aber zugleich eiskalt war. Über sich selbst, weil er seine übliche Gelassenheit verloren hat und sich so sehr darüber aufregte.

Mit dem Kopf voller Lärm, kam er am Küchenwagen an, wo er Wilius sah, der wie so oft vor einem kleinen Feuer und seinem großen Topf stand und die nächste Mahlzeit vorbereitete. Er hatte die Rückseite des Küchenwagens geöffnet und konnte so auf verschiedene Zutaten und Gewürze zugreifen, die in Schubladen im unteren Teil des Wagens verstaut waren, sodass man auf sie leicht zu greifen kann, wenn man draußen steht. Wilius hatte diesen Wagen selbst entworfen und gebaut und Biblimas war immer wieder überrascht, wie funktional und praktisch dieser Wagen doch war. Wilius blickte auf als

Biblimas näherkam, sagte aber kein Wort und wandte sich wieder seinem Topf zu.

Biblimas ließ sich auf den Boden nieder und lehnte sich an eines der Räder. Er spürte wieder die letzte Nacht und seinen großen Durst, war aber zu erschöpft, um nach einer Bierquelle zu suchen.

„Alles klar?", fragte Wilius und rührte weiter in seinem Topf herum.

Biblimas drehte seinen Kopf zu ihm und schaute ihn mit einem leeren Blick an. Wilius zeigte seine unglaubliche Besonnenheit, obwohl er auch in diesem Schlamassel steckte.

Wilius schaute ihn wieder an und lachte leise. Dann drehte er sich um, holte Zwiebeln und ein kleines Brett aus dem Wagen, zog ein Messer aus dem Gürtel seiner Schürze und ging auf Biblimas zu.

„Hacke das mal klein", sagte er und reichte alles Biblimas.

Viel zu faul zum aufzustehen, nahm er alle Utensilien entgegen und war kurz überfordert mit der Aufgabe, wie der denn mit dem Schneiden anfangen sollte. Er probierte verschiedene Sitzpositionen aus und kam zu keiner Lösung, bis Wilius einen Hocker vor ihn hinstellte. Biblimas kam sich albern vor, brummte aber dankend und legte das Brett und die Zwiebel auf den Hocker und begann damit, die erste Zwiebel zu schälen.

„Wie geht's Tilius?", fragte Wilius und hatte sich dabei wieder seinem Topf zugewandt.

„Dem fehlt es an nichts", antwortete Biblimas.

Wilius lachte. „Und wie geht's dir? Das Wurmkraut hat euch beiden ja wirklich was beschert!"

„Teufelszeug", sagte Biblimas leise und nahm sich die nächste Zwiebel vor.

„Das Rezept ist gut, aber ich arbeite noch dran. Es ist noch lange nicht perfekt. Ich glaube, ich muss mal mit Hubertus sprechen, vielleicht kann der mir weiterhelfen", sagte Wilius und lachte weiter.

„Du gibst nie auf, was?", sagte Biblimas, dem jetzt die Zwiebeln die Tränen in die Augen trieben.

„Biblimas, wo wäre ich denn, wenn ich aufgegeben hätte?", fragte Wilius nun mit ernster Stimme.

Biblimas fing nun an die Zwiebeln kleiner zu schneiden und antwortete dann: „Keine Ahnung. Wo denn?"

„Ich hätte schon längst keinen Spaß mehr an der ganzen Sache hier. Die Welt ist zu düster, um darin stecken zu bleiben", antwortete er und schmiss gehackte Rüben in den Topf.

„Wie geht es dir denn?", fragte er Biblimas nach ein paar Momenten noch einmal.

„Ging mir nie besser."

„Hast du schon einen Plan für heute Nacht?"

„Natürlich habe ich einen Plan", sagte Biblimas und reichte die fertigen Zwiebel an Wilius, der das Brett entgegennahm und die Zwiebel in den Topf schob.

„Hast du mit Kaspar gesprochen?", fragte er und holte kleine Holzscheitel unter dem Wagen hervor, die er nun mit Sorgfalt in das kleine Feuer unter dem Topf schob.

„Habe ich noch nicht", erwiderte Biblimas und lehnte seinen Kopf wieder an das Rad. Er beobachtete Wilius dabei, wie dieser nun Kräuter in den Topf hinzufügte.

Biblimas ging nochmal das Gespräch durch, dass Tilius, Wilius und er letzte Nacht hatten. Kaspar soll zum Mittelpunkt des Plans werden und Biblimas musste seinen Beitrag dazu leisten, er wusste aber nicht wie und ob er selbst das überhaupt wollte.

„Was hält dich denn auf?", fragte Wilius.

Biblimas stöhnte verärgert und sagte: „Was passiert, wenn der Plan nicht aufgeht? Was passiert, wenn wir die Juwelen nicht stehlen können?"

Wilius hatte keine Antwort parat.

„Ich würde die Prinzessin verlieren", sagte Biblimas.

„Weißt du denn, was du überhaupt von ihr willst?", fragte Wilius und blickte ihn an. „Du lässt dich von ihrer Schönheit inspirieren und willst dann ihre Kostbarkeit pflücken wie eine junge Frühlingsblume, nicht wahr?"

Biblimas hätte es nicht besser ausdrücken können und war erstaunt über die treffende Wortwahl von Wilius. Er wusste gar nicht, dass ein Dichter in ihm steckt.

Die Suppe im Topf begann nun leise zu blubbern und dampfen. Bedächtig rührte Wilius im Topf, damit es nicht anbrennte.

„Sie ist wie ein Engel für mich. Eine Muse, dir mir das Tanzen beibringt", sagte Biblimas nach einer langen Pause.

Wilius' hölzerner Löffel spielte einen dumpfen Rhythmus während er die Suppe umrührte.

„Sie belebt mein Spiel mit ihren Farben. Ihre Stimme ist die Melodie meiner Texte."

Die Suppe blubberte laut. Wilius rührte nach.

„Und ich will sie ausbeuten. Sie anlügen, damit ich ihre Kostbarkeit pflücken kann."

Die Suppe hatte sich etwas beruhigt, kochte noch leise vor sich hin. Wilius hatte die Suppe im Griff.

„Aber ich kann ihre Kostbarkeit niemals für mich beanspruchen", gab Biblimas weiter von sich.

„Du weißt gar nicht, was du mit ihr anfangen sollst", sagte Wilius. „Du jagst, was du selbst nicht brauchst. Das macht keinen Sinn."

Biblimas war verführt vom Geruch der Mahlzeit, die Wilius zubereitete, aber sein Magen schnürte sich beim Gedanken, jetzt etwas Essbares einzunehmen, zusammen. Er hatte Appetit, aber keinen Hunger, also raffte er sich zusammen und stand auf.

„Ich kann jetzt nichts essen, Wilius, aber es ist sicherlich wieder ein Meisterwerk, das selbst den fetten Papst ehren würde", sagte Biblimas und klopfte ihm auf die Schulter.

„Danke dir, Biblimas. Sieh zu, dass du dich zusammenkriegst, du hast noch einen wichtigen Tag vor dir", sagte Wilius und rührte weiter in seiner Suppe.

„Werde ich machen", sagte Biblimas und kniff Wilius an der Schulter, bevor er von ihm wegging.

Er hatte kein genaues Ziel, aber musste sich einfach bewegen, um seinen Kater zu bekämpfen. Nachdem er einige Schritte gemacht hat, fiel ihm ein, dass er seit einer gefühlten Ewigkeit keine Natur mehr gesehen hatte. Der Gedanke an Ruhe und Einsamkeit außerhalb der Burg klang sehr verlockend, also entschied er sich zum Tor zu laufen und nach draußen zu gehen. Es war bereits spät am Nachmittag und der Abend würde bald anbrechen, daher hatte die Burgwache wohl schon das Tor zur einen Hälfte geschlossen.

„Werdet ihr das Tor bald schließen?", fragte Biblimas die einzige Torwache, die ihn verwundert anblickte und dabei überhaupt keinen freundlichen Eindruck machte.

Die Wache blaffte ihn an: „Was willst du denn hier?", und Biblimas versuchte sein Lächeln zu verkneifen, denn die Frage war so wunderbar zusammenhangslos.

„Ich will mal kurz einen Blick auf eure schönen Wälder und Ländereien werfen", antwortete Biblimas.

Die Torwache machte nun ein völlig verwirrtes Gesicht, schien sich aber wohl seiner Dienstpflicht wieder bewusst zu werden und sagte laut: „Wenn die Sonne untergegangen ist, wird das Tor geschlossen, ist das klar?"

Biblimas hob die Hände und sagte im ruhigen Ton: „Alles klar, Meister!"

Dann verbeugte er sich knapp und ging durch das halb offene Tor.

Der Sonnenuntergang würde tatsächlich bald eintreten, aber es ließ Biblimas noch ein wenig Zeit, um einen kleinen Spaziergang zu machen. Er folgte einem kleinen Pfad, der rechts vom Tor an der Mauer entlangführte. Sofort merkte er die Stille, die nur vereinzelt von Vogelgezwitscher unterbrochen wurde. Diese Ruhe hatte er so bitter nötig, denn er konnte sich endlich mit sich und seinen Gedanken beschäftigen. Die Ereignisse der letzten Nacht und die Gespräche mit Tilius und Wilius waren schwerwiegend, aber Biblimas konnte sich noch nicht so recht ordnen mit all den neuen Erkenntnissen.

Zum einen spürte er eine gewisse Erleichterung, denn es fühlte sich an, als ob sich alles endlich weiterentwickeln würde. Neue Türen wurden geöffnet und Neugier war für ihn wie eine Tugend. Andererseits stand er vor einer bisher unvorhergesehenen Herausforderung. Er musste Kompromisse eingehen und ein Opfer leisten.

Biblimas erreichte eine einsame Eiche, die wohl aus einem bestimmten Grund die Rodungen um die Burg herum überstanden hatte. Sie war vielleicht sogar älter als Burg selbst und seine Naturgewalt trotzte stolz dem menschgemachten Steinhaufen der Burg, wenngleich die Mauern um einiges höher waren.

Biblimas blickte auf Falkenstein. Die letzten Sonnenstrahlen tauchten die Türme und Mauern der Burg in ein warmes Licht. Die Bewohner und Gäste der Burg waren wieder fleißig dabei, sich auf das Fest des Königs vorzubereiten. Der Tanz geht weiter. Wenn sich Biblimas nicht beeilt und vor Sonnenuntergang nicht wieder am Tor ist, würde es auch ohne ihn weitergehen.

Biblimas schloss die Augen und atmete die frische Luft tief ein und atmete sie wieder aus.

Vielleicht sollte ich mich mal mit Kaspar unterhalten, dachte er sich und atmete wieder aus.

Kapitel 13

Biblimas weichte geschwind all den Mägden und Dienern aus, die eifrig schwere Platten und Krüge in die große Festhalle trugen. Dann machte er zügig ein paar Schritte zur Seite und begab sich neben den Eingang der Halle, damit er die eintretenden Gäste besser überblicken konnte. Die Adelsleute trugen ihre Festkleidung in den vielfältigsten Farben, die den Frühling willkommen heißen sollen. Es war so nicht einfach, einzelne Gäste gezielt auszumachen, denn alle versuchten sich mit ihrem einzigartigen Erscheinen gegenseitig zu übertreffen. Er kam sich in seiner schwarzen Kluft unangemessen gekleidet vor.

Weil er sie so nicht finden konnte, entschied er sich, seine Taktik zu ändern und sie stattdessen zu sich zu locken. Er lehnte sich an die Wand zwischen einer Fackel und dem großen Eingang und spielte mit seiner Laute einige Melodien, was die Aufmerksamkeit aller eintretenden Gäste auf ihn lenkte.

Seine kleine Einlage veranlasste einige der Eintretenden einen Moment innezuhalten und ihm zuzuhören, wobei vor allem die weiblichen Gäste angetan waren und ihm verzückt applaudierten. Bald standen vor ihm fast ein Dutzend Leute, die einen kleinen Halbkreis um Biblimas bildeten. Plötzlich schienen die Gäste die Erwartung zu haben, dass er ein ganzes Stück spielen würde, noch bevor das eigentliche Fest in der Halle beginnen würde. Seine Idee hatte nicht die Prinzessin angelockt, sondern verursachte, dass alle anderen Gäste den Treppenaufgang und den Eingang der Festhalle blockierten. Biblimas erkannte das Chaos, das er angerichtet hatte und wusste nicht so recht, wie er die Situation wieder auflösen konnte. Er entschied sich, in seiner Rolle zu bleiben, also lächelte er, verbeugte sich, sobald ein neuer Gast stehenblieb und spielte weiter seine Melodie, ohne dabei zu singen. Je länger die Zeit andauerte, desto größer wurde der Stau der Leute und die gleichzeitige Erwartung, dass er sein Lied sobald anstimmen würde. Biblimas wurde unsicherer und musste handeln, als plötzlich eine laute und klare Stimme rief:

„Meine geehrten Damen und Herren, bittet tretet ein, das Fest wird sobald beginnen!"

Es war ausgerechnet Konrad, der Hofmeister, der Biblimas aus seiner Lage befreite und die Menge auflöste. Vereinzelt konnte Biblimas ein erleichtertes Brummen unter den Leuten hören, die nun kommentarlos an ihm vorbei in die Festhalle gingen. Undankbares Volk, dachte sich Biblimas, aber lächelte die Gäste weiterhin an und zupfte weiter seine Melodie, um nicht nervös oder verärgert zu wirken. Konrad trat auf ihn zu und sagte:

„Euer Spiel wird sobald beginnen, macht euch lieber mal bereit!", sagte dieser in einem befehlerischen Ton und mit einem Blick, der einen noch unfreundlicheren Ausdruck machte. Konrad drehte sich wieder um und verschwand in der Festhalle.

Biblimas beendete sein lustloses Spiel, stöhnte erleichtert und ließ die Schulter fallen, aber erstarrte sofort wieder, denn aus der Menschenmenge heraus kam plötzlich Prinzessin Justine auf ihn zu. Sie lächelte ihn an, aber er wusste nicht, ob aus Freude ihn zu sehen oder aus Schadenfreude, weil er seine Einlage so peinlich vergeigt hatte. Biblimas konnte sich zusammenraffen und verbeugte sich ordnungsgemäß, als sie vor ihm stand. Er war dennoch froh, dass er ihre Aufmerksamkeit auf sich gezogen hat, selbst auf diese tölpelhafte Art und Weise.

Sie sagte: „Mein geehrter Biblimas, Ihr stellt euren stürmischen Drang wieder mal unter Beweis! Ich hoffe, ich habt noch einiges auf Lager für den Rest des Abends?"

Biblimas spürte den Sarkasmus und versuchte diesen aufzunehmen: „Wenn die Leute ja schon allein von meinen Aufwärmübungen begeistert sind, werden die den eigentlichen Auftritt niemals vergessen können!"

Das war vielleicht zu sehr aufgetragen, dachte sich Biblimas, als Justines Reaktion nur ein Anheben der Augenbraue war. Immerhin lächelte sie.

Sie sagte: „Wie immer strebt Ihr nach dem Allerhöchsten, nicht wahr?"

Biblimas: „Es geht immer nur nach oben, meine Teuerste! Wo wäre ich denn, wenn ich nicht so denken würde?"

Justine: „Vielleicht dort wo euer Freund sich befindet?"

Volltreffer. Gut geschossen, dachte sich Biblimas. „Man lernt stets dazu!", sagte er und verbeugte sich lächelnd.

Die Prinzessin war wohl noch immer nicht beeindruckt, denn sie reagierte nicht weiter.

„Man muss zweifeln am eigenen Zweifel, nicht wahr?",
führte Biblimas weiter aus. "Eine andere Lösung ist
immer möglich, wenn man Kompromisse eingehen
kann."

Die Prinzessin schien über seine Aussage einen Moment
lang nachzudenken. Dann antwortete sie im ernsten Ton:
„Ich bin schon früh in meinem Leben Kompromisse
eingegangen und weiß, wann ich Nein sagen muss."

Biblimas fragte sich, ob sie etwa glaubte, dass er mehr als
nur Süßholz mit ihr raspeln will. Er nahm diesen Faden
auf und sagte: „Man würde nur ein stures, kleines Bock
bleiben."

„Wie bitte?"

„Ich meine, man würde ein stures, kleines Bock bleiben,
wenn man nicht dazu fähig ist, sich anzupassen und
gleichzeitig das zu tun, was man wirklich will", antwortete
Biblimas.

„Ganz genau", sagte sie.

Ein Moment der Stille folgte, die Biblimas schnell mit
einem weiteren Knicks unterbrach und dann sagte: „Nun,

ich hoffe in Eurem Namen heute Abend ein Stück spielen zu dürfen. Welchen Wunsch kann ich euch erfüllen?"

Sie antwortete mit fröhlicher Stimme: „Macht es Euch bitte nicht zu gemütlich, Biblimas Konstantina, schließlich bin ich heute nicht der einzige Gast. Nehmt die Herausforderung an!"

Biblimas nickte und verbeugte sich nochmals. Er kam sich idiotisch vor, diese Förmlichkeit war üblicherweise nicht seine Art. „Sehr wohl, meine Prinzessin!", sagte er.

Sie wandte sich um und ging durch den Eingang in die Festhalle hinein.

In diesem Moment sah Biblimas Zuzanna, die jetzt ebenfalls in die Halle hineinging. Sie hatte ein festliches Kleid an und trug mit beiden Händen einen dunklen Weinkrug, der mit Blumen geschmückt war, offenbar ein Geschenk für den Adel. Biblimas und Zuzanna blickten sich kurz an, tauschten aber kein Wort aus.

Biblimas tat, als hätte er sie nicht erkannt und blieb eine Weile neben dem Eingang stehen und dachte sich, dass es wohl die Gästen erfreuen würde, wenn er sie zum Fest willkommen heißt, was er dann mit einigen Verbeugungen auch tat. Glücklicherweise hatte er sogar die Gelegenheit, dem Königspaar zu begegnen. Noch bevor Konrad es konnte, der wieder am Eingang erschienen war, hatte Biblimas die beiden mit einer tiefen Verbeugung als Erstes begrüßt.

Als das Königspaar schon eingetreten ist und Biblimas sich noch in der Verbeugung befand, trat ihm plötzlich jemand in die Rippen. Biblimas hustete und atmete nach Luft. Dann blickte er auf und sah Wilius vor ihm stehend. Er trug eine große Platte mit gebratenen Hühnern und grinste ihn mit seiner Zahnlücke an. Dieser sagte: „Was zum Henker machst du denn hier auf dem Boden? Sieh zu, dass du in die Halle kommst!"

Kapitel 14

Biblimas begab sich in die Festhalle. Es war gerappelt voll, aber jeden Moment würden alle Gäste ihre Plätze eingenommen haben und mehr Platz schaffen. Biblimas stand noch in der Nähe des Ausgangs und beobachtete seine Umgebung. Alle waren in bester Stimmung, man hörte Geplapper und Gelächter. Bestes Essen wurde serviert und die Weinkrüge waren voll.

Perfekte Bedingungen für einen musikalischen Auftritt. Diese Nacht wird ein Kinderspiel, dachte sich Biblimas.

Er blickte sich weiter um und entdeckte die Prinzessin wieder am selben Platz wie letzte Nacht. Sie sprach mit ihrem Sitznachbarn. Es war Kaspar Feuerdahn höchstpersönlich, der bereits neben ihr Platz genommen hat. Beide waren in einem Gespräch vertieft.

Unbewusst machte Biblimas einen Schritt nach vorne und in diesem Moment erblickte ihn auch Kaspar, der sehr erfreut schien, ihn zu sehen. Biblimas machte weitere Schritte und als er vor deren Tisch stand, verbeugte er sich und fragte höflich: „Mein lieber Geselle Feuerdahn, ein gemeinsames Spiel gefällig?"

Kaspar sah man die Begeisterung über die Idee an, denn er sagte sofort zu und verabschiedete sich kurz von der Prinzessin.

Biblimas verbeugte sich abermals vor der Prinzessin und ging weiter zum Podest am Ende des Raumes, wo er wieder auf Kaspar traf, der dort mit einer Flöte bereits auf ihn wartete.

Als sich Biblimas seine Laute ansetzte, sagt er zu Kaspar: „Alles klar, mein Lieber, lass uns anfangen? Du kennst die Ballade vom Räuber Donnerschlag?"

„Klar kenne ich die!", antwortete Kaspar.

Das genügte Biblimas und er begann sein Spiel und Gesang. Er überlies Kaspar seine Freiheit mit der Flöte, was dieser sogar zu Biblimas leichtem Überraschen sehr gut erledigte und er das Stück sehr gekonnt begleitete.

Die Gäste waren sichtlich angetan vom Auftritt zweier Barden zugleich. Nachdem das erste Stück beendet worden war, sprachen sich Biblimas und Kaspar schnell ab, welches Stück als nächstes gespielt wird, wobei Biblimas ihm kurz die Akkorde vorspielte, damit Kaspar sein Spiel anpassen konnte. Während dieses Stücks spielte Kaspar sogar eine kleine Improvisation, die

Biblimas' Meinung nach etwas schüchtern war, aber unter den Zuschauern umso größere Begeisterung weckte. Er folgte einer einfachen Melodie, aber spielte diese mit sichtlicher Leidenschaft und traf damit den richtigen Ton unter den Zuschauern.

Das nächste Stück war ein Eigenwerk von Biblimas. Er zeigte Kaspar wieder kurz die Akkorde und gab ihm den Takt vor. Die Gäste riefen nach Zugabe und Beide antworteten ihnen mit ihren lauten Instrumenten. Von der ersten bis zur letzten Note waren beide wie ein Wirbelwind, der die Burg durchfegte und Chaos hinterließ. Als sie ihr Spiel beendet hatten und man weder Laute noch Flöte hören konnte, war alles scheinbar wieder an seinem Platz. Aber die Welt war eine neue und das Königreich feierte seine neuen Helden.

Nach dem Spiel bedankte sich Kaspar herzlich bei Biblimas. Er hüpfte vom Podest hinunter, ging direkt auf die Prinzessin zu und nahm den Platz neben ihr wieder ein. Biblimas beobachtete die beiden, blieb aber seiner Rolle treu und spielte noch zwei weitere Stücke. Er konnte sehen, dass sich die beiden offensichtlich näher kennenlernten und scheinbar auch ihren Spaß hatten. Biblimas verabscheute, wie Kaspar mit seinen Gesten eine Geschichte erzählte und noch weniger konnte er Justines freudiges Gelächter ertragen.

Biblimas kam verbittert zum Ende seiner Vorstellung, die eigentlich auch ihrer Aufmerksamkeit dienen sollte. Die Menge jubelte ihm zu, aber Kaspar hatte die Oberhand.

Nachdem Biblimas sich vor dem Königspaar verbeugt hatte und sich in Namen aller Kleiberneimer für den heutigen Abend bedankte, rief der König wieder Kaspar auf die Bühne. Biblimas ging wortlos zur Seite der Festhalle und legte seine Laute hinter dem Vorhang ab. Kaspar hatte bereits sein erstes Spiel angefangen, als Biblimas endlich seinen ersehnten Wein die trockene Kehle runterspülte. Als er den Becher absetzte, blickte er zur Prinzessin. Der Platz neben ihr war frei.

„Das ist Kaspar?", fragte Wilius, der plötzlich neben ihm stand.

Biblimas hätte ihn erwarten können.

„Jawohl, das ist Kaspar", antwortete Biblimas, den Blick noch auf den leeren Stuhl gerichtet.

„Aha. Und woher kennt ihr euch nochmal?", fragte Wilius.

„Sag mal, wie oft ziehst du dir das Wurmkraut rein? Wir sprachen doch die ganze Zeit über ihn. Der ist neu hier!", sagte Biblimas und versuchte sich zu beherrschen.

„Eh!", antwortete Wilius und machte dabei seine typisch abwerfende Handbewegung. Dann ging er langsam an der Wand entlang und näher zur Bühne.

Genau, geh mal eine bisschen näher hin, du blinder Vogel, dachte sich Biblimas.

Er trank weiter seinen Wein und ließ Justine nicht aus dem Blick. Sie konzentrierte sich auf Kaspars' Auftritt, war aber gleichzeitig in einem Gespräch mit einer ihrer Hofdamen verwickelt.

Biblimas fiel nichts Cleveres ein, also entschied er sich dazu, seine Bescheidenheit mit einem Glas Wein und Kaspars musikalischen Unterhaltung zu feiern. Doch seine Ruhe wurde schnell von Haron unterbrochen, der von seinem Tisch aufstand und auf Biblimas zuging.

„Mein Herr Haron! Ich hoffe sehr, dass der Abend euren Vorstellungen entspricht!", sagte Biblimas und prostete ihm zu.

„Biblimas! Das tut es wahrhaftig, aber wichtiger ist, dass alle hier Spaß daran haben!", sagte Haron und legte eine Hand auf Biblimas' Schulter. Er sagte weiter: „Erzählt mir, Biblimas, wer ist denn der neue Barde dort? Ich muss zugestehen: Als ich erkannt habe, dass ich doch nicht der Einzige mit einem talentierten Barden unter den eigenen Truppen bin, war ich doch schon sehr enttäuscht!"

Haron hat wahrlich noch nie eine Schlacht gewonnen, dachte sich Biblimas und antwortete: „Das, mein Herr, ist Kaspar Feuerdahn. Keine Ahnung, wo der herkommt oder hingeht. Er ist erst seit ein paar Tagen hier auf Falkenstein und König Daniel hat wohl noch keinen Barden gehabt..."

„Aber wie kommt es, dass man noch nie von ihm gehört hat?", fragte Haron leicht hysterisch.

Regel Nummer 17 am Hofe Kleiberneim: Wenn der König fragt, wird geantwortet. Egal was.

Biblimas erwiderte: „Naja, er muss vom Lande kommen und sucht eben nach seiner Bestimmung. Geht seinen Weg. Außerdem hat man von der Bühne einen guten Ausblick."

„Aahahahahaaa!" Haron lachte zur Decke und klopfte ihm dabei so kräftig auf die Schulter, dass Biblimas seinen Wein auf den edlen Wolfsmantel seines Herrn verschüttete, welcher es aber nicht bemerkte. Biblimas konnte sein Grinsen nicht verhindern.

Als Haron sich wieder gefasst hatte, fragte er: „Und was ist mit Euch los? Wie ist Euer Ausblick denn so?"

„Prächtig!", antwortete Biblimas und blickte wieder auf den Stuhl. „Alles so klar wie immer!"

„Herrlich! Das sind herrliche Neuigkeiten! Das ruft nach einem Wein!", rief Haron und war auch schon wieder verschwunden.

„Adelspack", flüsterte Biblimas in seinen Becher hinein und leerte den Wein.

Er holte sich einen neuen Krug und fand einen freien Sitzplatz weiter vorne, wo auch Friederich saß, der schon die Laute für seinen kommenden Auftritt stimmte. Als er sich neben ihm niederließ, hob Friederich seinen Blick auf Biblimas und spielte eine kurze Melodie, was beide zum Lachen brachte. Bardenhumor.

„Bist du bereit?", fragte Biblimas.

„Natürlich. Du auch?", fragte Friederich zurück.

„Na klar" sagte Biblimas entspannt und beobachtete wieder Kaspars Spiel.

„Gar nicht so übel, der Junge", sagte Friederich und blickte ebenfalls auf Kaspar. „Gefährlicher Typ."

„Ganz gefährlicher Typ", stimmte ihm Biblimas zu und beide lachten wieder.

Kaspar spielte ein Stück über Robin Locksley, was ein alter Klassiker unter Barden ist. Kaspars Kunst war weniger ausdrucksstark und experimentell wie das von Biblimas, aber umso mehr sah und hörte man, wie er das Vollste aus dem Stück schöpfte und es wie eine sahnige Torte dem hungrigen Volk servierte. Das Publikum liebte ihn. Die Krönung der Vorstellung war ein kleiner, aber wunderbar inszenierter Trick, bei dem Kaspar mit seiner Laute einen Holzlöffel wie einen Pfeil in die Luft schoss und diesen unter seinen Achseln wieder auffing. Der Sheriff lag tot auf dem Boden. Das Volk von Nottingham jubelte.

Als Kaspar seinen Auftritt beendet war, ging Friederich auf die Bühne, schüttelte Kaspar kurz die Hände und bereitete dann weiter seinen Auftritt vor. Friederich hatte diese Leidenschaft für die Gestaltung seiner Bühne, die Biblimas scherzhaft als Verrat an alle echten Barden bezeichnete.

Biblimas sah, wie Kaspar wieder den Platz neben Justine eingenommen hatte, als wäre es sein eigener Thron. Die Prinzessin empfing ihn mit Begeisterung neben sich.

Biblimas hielt sich geduckt, damit man nicht so gut sehen konnte, wie er die beiden beobachtete. Sie schien ihm Komplimente zu seinem Auftritt zu machen, als sie begeistert auf die Bühne zeigte. Biblimas blickte zu Kaspar und wartete auf seine Reaktion, als die Sicht auf ihn für ein paar Momente von einer Magd versperrt wurde.

Die Magd schenkte allen am Tisch einen neuen Wein ein, der aus einem dunklen und mit Blumen geschmückten Krug ausgeschenkt wurde. Auch Kaspar wurde etwas davon eingeschenkt.

Kapitel 15

Etwas forsch drückte sich Biblimas an einer Hofdame vorbei und ließ sich schnell auf den Sitz neben Kaspar nieder. Er hatte seinen Rücken noch zu ihm gewandt, um nicht direkt von der Prinzessin erkannt zu werden.

Biblimas wagte einen Blick hinter sich und sah, wie Kaspar in seinen Becher starrte und irgendwie blass wirkte. Zu spät, Kaspar muss den Wein schon getrunken haben, dachte er sich und ärgerte sich. Dann warf Biblimas kurz einen Blick auf Justine, die ihren vollen Kelch noch in der Hand und die sich mit ihrer Sitznachbarin unterhielt.

Biblimas schlug Kaspar leicht auf die Schulter und sagte zu ihm: „Na, alles klar? Nach so einem Auftritt hast du die Prinzessin wahrlich für dich erobert, was?"

Kaspar schaute ihn an und sagte: „Man kann nicht die Prinzessin, sondern nur ihr Herz erobern. Aber es ist schon lange erobert worden." Kaspar zog eine Grimasse und blickte wieder in seinen Krug.

„Kein Grund so melancholisch zu werden", sagte Biblimas und versuchte ihn damit aufzuheitern. Er wusste nicht, auf welche Wirkung des eingeschenkten Weines er warten sollte, aber bisher schien Kaspar einfach nur müde zu wirken. Vielleicht war es ein Schlafmittel.

„Sie hätte es aber schon früher sagen sollen", erwiderte Kaspar.

„Was sagen sollen?", fragte Biblimas.

„Na, dass ihr Gatte gerade im Luchsenwald ist und sie ohne ihn hier ist", antwortete Kaspar. Er schaute wieder auf Biblimas, der ihn nur anstarrte. Dann zog Kaspar beide Schultern hoch und sagte: „Ja, ich weiß, ich bin neu hier, aber ich hätte es wissen müssen."

Biblimas war beeindruckt. Der Typ glaubte wirklich, er hätte eine Chance bei ihr. Biblimas antwortete: „Naja, du hast ja nicht wirklich... Moment, was hat sie gesagt? Wo ist ihr Gatte???"

„Luchsenwald, oder sowas"

„Luxenwalde?", fragte Biblimas.

Kaspar zeigte mit dem Finger auf Biblimas und sagte: „Das ist es. Jedenfalls hätte ich mir einigen Ärger ersparen können."

„Ja, ich kenne das Gefühl", sagte Biblimas und starrte nun auch in seinen Krug. Er konnte es nicht fassen. Der Prinz von Lerome ist in Luxenwalde und Kaspars Herz wurde gebrochen.

Nach einem Moment Stille sagte er dann zu Kaspar: „Sehr schnell wird es sehr intensiv mit ihr, nicht wahr?"

Kaspar schaute wieder auf. „Ja, irgendwie schon..."

Biblimas sprach weiter: „Ich glaube, wir beide spielen einfach in einer anderen Welt für sie."

Kaspar sagte: „Wir singen von unseren Helden, aber haben verlernt, wie man selbst einer wird. Ich glaube, wir müssen uns mit der Wahrheit anfreunden und nicht sie bekämpfen."

Biblimas nickte und fügte hinzu: „Schön gesagt! Und vielleicht ist es gar nicht unsere Schuld, dass sich Menschen in unseren Geschichten verlieren. Romantik und Kunst sind eben doch noch zwei verschiedene Dinge, manche verwechseln das."

Als Kaspar lächelte und es ihm sichtlich besser ging, stellte Biblimas seinen eigenen Krug ab und sagte zu ihm: „Kaspar, du siehst müde aus. Geh schlafen! Morgen ist ein neuer Tag. Vielleicht können wir wieder mal zusammenspielen?"

„Ja, können wir mal machen...", sagte Kaspar und beide schüttelten sich daraufhin die Hände.

„Auf die Wahrheit!", sagte Kaspar.

„Und auf die stetige Suche danach!", antwortete Biblimas.

Da es gleichzeitig eine Art Verabschiedung war, umarmten sie sich sogar kurz. Kaspar stand auf und ging auf das Königspaar zu und Biblimas versuchte sich schnell aus dem Staub zu machen, damit er Justine schnellstens aus dem Weg gehen konnte.

Dann suchte Biblimas in der Halle nach Wilius und sah ihn in dem Moment auf ihn zu humpeln. Er kam ihm etwas entgegen, um ihm die Neuigkeiten über den Prinzen mitzuteilen.

„Ich weiß, wer das ist", sagte Wilius zu Biblimas.

Biblimas hatte für einen Moment keine Ahnung von wem er spricht.

Wilius fragte: „Kannst du dich noch an diesen langhaarigen Kerl in der Schenke am Bröllner Fluss erinnern, der damit drohte, seine eigene Laute in Flammen zu setzen?"

Biblimas musste lachen. Er erinnerte sich tatsächlich an einen Abend mit einem Barden, der nur von drei Männern daran gehindert werden konnte, das ganze Gasthaus abzubrennen. Er antwortete: „Klar! Lebt denn der noch? Der hat doch bestimmt Tripper..."

„Das ist sein Bruder", sagte Wilius und nickte mit seinem Kopf in Richtung Kaspar.

Biblimas lachte wieder und erwiderte: „Ehrlich, ich brauch auch was von diesem Wurmkraut!"

Wilius packte ihn fester und zog ihn näher an sich heran. Näher, als es Biblimas lieb war. Er zischte ihm zu: „Hör mir zu, Biblimas, das ist ein Befehl von Zuzanna. Kaspar muss noch heute nach Brölln verschwinden, damit er für den Diebstahl der Juwelen verdächtigt wird."

Biblimas holte Luft und sagte: „Ich weiß, wo der Prinz von Lerome sich befindet."

„Was?!"

„Die Prinzessin hat es Kaspar erzählt und er mir. Der Prinz ist zurzeit in Luxenwalde."

„Luxenwalde?"

„Genau."

Wilius ließ den Griff eine wenig lockerer, blickte sich um und sagte dann: „Damit lässt sich arbeiten. Wir müssen uns aber jetzt um Kaspar kümmern!"

„Wenn Zuzanna die Prinzessin mit ihrem Wein vergiftet hat, dann müssen wir uns um gar nichts kümmern", protestierte Biblimas.

„Vergiften? Keinesfalls. Zuzanna wird die Prinzessin heute Nacht heilen und pflegen. Warum einbrechen, wenn einem die Tür geöffnet wird?", erwiderte Wilius und wollte davon humpeln, drehte sich aber wieder zu Biblimas um und sagte: „Du wartest unten am Feuer der Wagenburg auf mich. Ich spreche erst einmal mit Kaspar." Dann ging er davon, stellte sich in der Nähe des

Ausgangs neben einer Säule auf und wartetee dort scheinbar auf ihn.

Die Juwelen sind offenbar Zuzanna's erste Priorität geworden, dachte sich Biblimas. Er fühlte sich vernachlässigt und ausgeschlossen, aber zugleich erkannte er, dass er von Anfang an einfach seine Rolle spielen sollte. Also schnappte er sich seine Laute und wollte die Festhalle verlassen, hielt dann aber einen Moment inne. Wilius hatte es geschafft, sich Kaspar zu schnappen und beide unterhielten sich. Zeitgleich verließen Prinzessin Justine und ihre Begleiterinnen zügig die Festhalle.

Biblimas schaute sich langsam um. Von Zuzanna weit und breit keine Sicht. Dann ging er schnell an Wilius und Kaspar vorbei, die Treppe hinunter und aus der Veste hinaus. Er brauchte die frische und kühle Luft, um seine Gedanken wieder zu ordnen.

Kapitel 16

„Sein Stirnband?", fragte Biblimas.

„Genau. Er hatte ein Armband aus demselben roten Stoff! Und sie spielen die gleichen Lieder", antwortete Wilius.

„Also, was die Lieder betrifft, darauf würde ich mich nicht verlassen", fügte Friederich hinzu.

„Dankeschön!", sagte Biblimas, „die Beweise, dass das sein Bruder ist, sind nicht gut genug, Wilius!"

„Es ist die beste Chance, die wir jetzt haben. Außerdem war Kaspar wirklich neugierig, als ich mehr von diesen Barden erzählte", sagte Wilius.

Die drei saßen auf einer Holzbank direkt am dem Feuer der Wagenburg. Die Hitze war auf Dauer unerträglich, weshalb sich die drei hin und wieder anders herum wieder auf die Bank setzten, um ihre kühlere Körperseite zu wärmen.

„Wenn das wirklich sein Bruder ist und er Falkenstein verlassen will, dann ist doch alles gut", sagte Biblimas, aber spürte, dass seine Arbeit damit noch lange nicht erledigt ist.

„Wir müssen auf Nummer sicher gehen. Was würde ihn denn dazu veranlassen, die Burg schon morgen früh zu verlassen?", frage Wilius.

Biblimas und Friederich standen auf, drehten sich und setzten sich wieder hin.

„Justine! Ich meine, die Prinzessin!", fiel Biblimas ein.

„Natürlich, du Idiot, aber was würde ihn denn dazu veranlassen, die Burg schon morgen früh zu verlassen", wiederholte sich Wilius und schüttelte den Kopf.

Biblimas antwortete: „Seine Frustration mit der Prinzessin ist neu und groß. Er hat eine neue Fährte zu seinem Bruder gefunden. Er muss sich schnell entscheiden und darf keine Zeit verschwenden."

„Wieso sollten wir ihm Zeit geben, um eine Entscheidung zu treffen? Wir können doch auch die Entscheidung für ihn treffen", sagte Friederich.

„Was meinst du damit?", fragte Biblimas.

„Schreibe einen Abschiedsbrief für ihn, der für den König bestimmt ist. Schreibe, dass es ihm leidtut, aber dass er nun seinem Abenteuer weiter folgen muss, um seinen Bruder zu finden. Lass ihn am besten diesen Brief selbst schreiben, aber mit deinen Worten", sagte Friederich.

„Das ist Schwachsinn!", antwortete Biblimas und drehte sich wieder um.

Wilius widersprach: „Der Ansatz der Idee ist gut. Aber es ist noch nicht schlüssig genug. Dieser Brief muss auf jeden Fall Sinn machen für den Schreiber und den Leser."

Biblimas legte beide seine Hände auf sein Gesicht, was es spürbar abkühlen ließ. Er mochte den Gedanken nicht, Kaspars gebrochenes Herz, wie mit einer Mistgabel, aufzuheben und aus der Burg zu werfen. Allerdings würde Kaspar jegliche Unterstützung im Moment guttun.

„Zurück zur Prinzessin", sagte Biblimas, das Gesicht noch von seinen Händen verdeckt. „Wir müssen seine Frustration mit der Prinzessin ausnutzen. Das ist womöglich das einzige, was durch seinen Kopf gehen muss. Ich weiß, wovon ich spreche."

Eine Weile lang sagte keiner etwas. Alle drei starrten ins Feuer oder drehten sich hin und wieder. Dann ergriff Friederich wieder das Wort: „Liebesbrief."

„Ein Liebesbrief?", sagte Biblimas.

Friederich widerholte: „Genau. Ein Liebesbrief. Aber nicht von der Sorte Tralala, ich liebe dich, sondern Tralala, schön wars, mach's gut!"

Biblimas und Wilius blickten sich an. Diese Idee war besser.

Wilius sagte: „Das würde Frieden schließen zwischen Kaspar und Falkenstein. Wenn er hierbleibt, wird er ständig mit ihr konfrontiert werden. Das muss er sich klar werden."

„Man wird sein eigener Held...", sagte Biblimas leise und blickte ins Feuer.

„Also?", fragte Wilius.

Biblimas blickte auf Wilius. „Also was?"

„Na, was machen wir?!"

„Ich denke, ich schreibe diesen Brief für Kaspar an Justine", antwortete Biblimas, stand auf und kniff dann die Augen zusammen. „Allerdings habe aber kein Papier."

„Gehe zum Burgpriester. Der hat sicherlich Schreibematerial", sagte Friederich.

Biblimas könnte sicherlich ein besserer Christ sein, aber es war seine persönliche Abneigung gegenüber allem kirchlichem, was er an diesem Vorschlag nicht leiden konnte.

„Du hast wirklich kein Papier mehr übrig?", fragte er Friederich mit einem Zwinkern.

„Nein, Mann, ist schon alles für echte Liebesbriefe verwendet worden!", sagte er und zwinkerte zurück.

Kapitel 17

Biblimas stellte sich den fertigen Text vor und machte jeweils einen Punkt an den Stellen, wo der erste und der letzte Buchstabe stehen sollen. Damit war der Rahmen gesetzt. Dann rückte er die Kerze ein letztes Mal zurecht, tauchte die Feder wieder in die Tinte und begann zu schreiben:

Meine liebste Prinzessin,

Biblimas bließ Luft aus seinen Backen. Die Gedanken sind simpel, aber die Feder ist ungeduldig.

Justine.

Er fuhr fort:

Ich will nicht deines Herzens Eindringling sein.
Was ich will, ist, dass ich es für dich erobern darf.

Aber ich habe kein Schwert,
um es zu erkämpfen und zu beschützen,
weil ich das Leben eines Abenteurers führe.

Ich muss meinen Weg allein weitergehen.
Ich muss mich für den Weg entscheiden,

um Frieden zu finden.
Wo auch immer ich sein werde, mit oder ohne dich,
ich werde immer an dich denken.

Alles klar, dachte sich Biblimas. Man wird aufgeklärt, man weiß, an was man dran ist.

Ich werde weiter die Wege zu meinen Zielen gehen
und das Glück auf der Straße sammeln.
Dorthin gehen,
wo es die größten Schätze noch zu entdecken gibt.

Biblimas las den bisherigen Text nochmals durch. Er merkte, wie er bisher nur von sich selbst und seinem tollsten Abenteuer schrieb.

Ich kann nur dann ein Licht
in deinem Herzen erleuchten lassen,
wenn ich dasselbe Licht
aus meinem eigenen Herzen lasse.

Aber mein Herz ist verschlossen und trotzt dem Feuer,
das in mir für dich brennt.

Ich werde daher opfern,
was mir am Wichtigsten erscheint:
die Flammen meiner Liebe,

die in mir lodern,
für ein Leben voller Kühnheit für dich.

Aber jedes Feuer hinterlässt Asche.
Ich will nicht, dass du am Ende
nur die Asche unserer Träume bist.

Du hast mal gesagt:
Abenteurer sind oft einsam.

Biblimas stoppte das Kratzen seiner Feder, verfluchte sich selbst und holte ein neues Pergament hervor. Er machte wieder seine zwei Punkte, schrieb den gesamten Text noch einmal, aber änderte den letzten Teil.

Ich habe einst folgende Redewendung gehört:
Abenteurer sind oft einsam.

Ich glaube es stimmt.
Mein Herz brennt voller Freude und liebt es,
sich ins nächste Abenteuer zu stürzen.

Aber dafür brauchen wir erst Engel,
die uns das Fliegen beibringen
und uns somit die Schönheit der Welt zeigen.

Erst dann können wir Abenteurer des Herzens werden
und Abstand davon nehmen,

was unser Herz bisher fesselte.

Dann haben wir auch den Mut,

den ersten Schritt auf unserem eigenen Weg zu machen.

Dieser Engel bist du, Justine.

Du lehrest mir das Fliegen.

Dafür bin ich mit all meiner Liebe dankbar.

Das ist doch mal schön, dachte sich Biblimas. Kaspar soll sich mal nicht verrückt machen und mit neuer Energie seinen Weg morgen früh wieder einschlagen, um in Brölln seinen Bruder finden. Eine Leichtigkeit.

Dann schrieb Biblimas voller Stolz noch folgende Wörter zum Ende des Textes:

In aller Liebe und Bewunderung,

K. F.

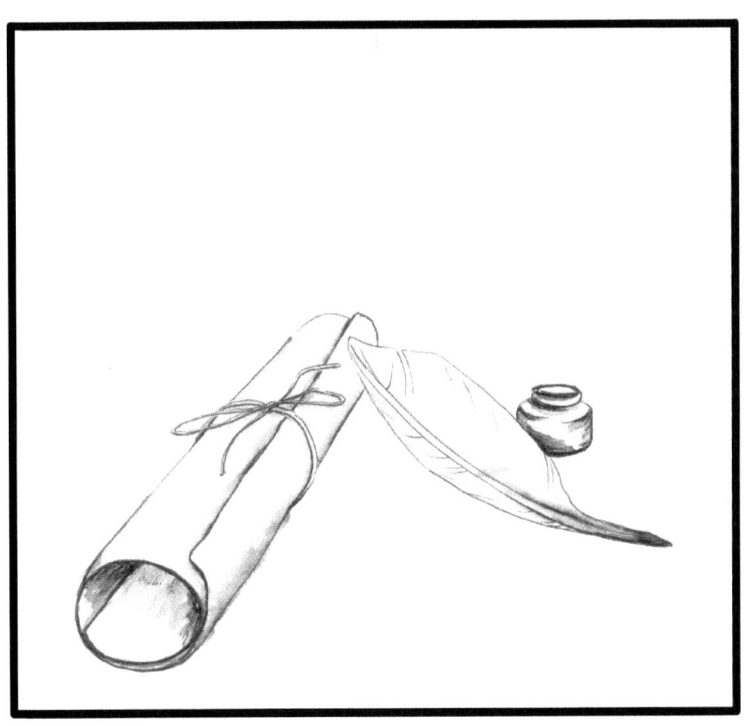

Kapitel 18

Biblimas ging mit schnellen Schritten aus der Kapelle und über den Hof. Er hatte sich nicht sonderlich bemüht leise zu sein, um den Burgpriester nicht wieder aufzuwecken. Seit er mitten in der Nacht an seiner Tür klopfte und der Priester ihn zunächst mit all seinen vergebenen Sünden wieder verfluchte, ihn aber dennoch hereinließ, zollte er der Kirche schon überaus mehr Respekt, wie sie üblicherweise an ihm verdiente. Er ließ sogar das große, silberne Kreuz an seinem Nagel, dass er ungestört aus der Schreibstube hätte mitgehen lassen können.

Es war still im Hof der Burg und die Nacht war schon vorüber, denn die ersten Sonnenstrahlen schienen auf die Türme Falkensteins. Vereinzelt sah man schon die ersten fleißigen Burgbewohner ihrer Arbeit nachgehen und Biblimas lobte sich selbst dafür, einer davon zu sein. Seine hastigen Schritte klopften auf dem plattgetretenen Schlamm wie eine donnernde Trommel. Biblimas war sich nicht ganz gewiss, welche Konsequenzen seine nächsten Vorhaben mit sich bringen werden. Aber er spürte, dass der Wind in die richtige Richtung bläst. Es geht nach vorne.

Die ersten orangeroten Sonnenstrahlen trafen sein Gesicht. Es wird ein guter Tag werden. Als er um die Ecke des letzten Wagens der Wagenburg ging, stieß plötzlich ein harter und schwerer Gegenstand heftig das Kinn von Biblimas. Einen Moment lang war Biblimas geblendet vom Schmerz und der Überraschung, konnte sich aber an der Wand des Wagens festhalten und sich schnell wieder sortieren. Biblimas hob vorsichtig den Kopf und versuchte zu erkennen, was ihn da fast erschlagen hätte. Vor ihm kniete ein Mann, der beide Hände auf dem Gesicht aufgelegt hatte und leise in seine Handflächen stöhnte. Ein paar Blutstropfen trafen die Brust auf seinem leicht bläulichen Leinenhemd.

„Was zur Hölle war das?!", fragte Biblimas und konnte beide Augen wieder öffnen.

„Mööööööhöhöhöööö! Das wollte ich dich gerade auch fragen!", riefen die Hände.

„Alles klar bei dir?", fragte Biblimas und prüfte dabei das Pergament seines Briefes.

Die Hände veränderten ihre Position auf dem Gesicht und antworteten mit nasaler Stimme: „Wird schon. Ist nicht das erste Mal."

„Hah!", rief Biblimas. Der Brief war noch unversehrt.

„Was rennst du denn auch so rum?", fragte der Mund.

„Ich wollte Kaspar schnell etwas geben", antwortete Biblimas, ohne zu wissen ob er Kaspar überhaupt kenne.

„Kaspar Feuerdahn?", fragten die Hände mit einem Stöhnen.

„Genau der. Hast du ihn heute Abend schon gesehen?"

„Guten Morgen, Sonnenschein!", riefen plötzlich die Augen.

„Verzeihung, ich hatte eine lange Nacht..."

Das Gesicht warf die Hände davon und die Nase schniefte kräftig.

Biblimas liebte die Farbe Rot, aber er versuchte die Nase nicht anzustarren.

Die Stimme sagte: „Kaspar ist glaube ich schon weg. Ich habe noch mit ihm geredet, bevor er gegangen ist, aber das ist schon eine Weile her."

„Lange Nacht, wah?", sagte Biblimas, wartete aber keine Antwort ab, sondern spürte jetzt den Zeitdruck und ging weiter in Richtung Westturm. Er darf Kaspar keinesfalls verpassen.

„Dummes Schaf...", hörte Biblimas die Stimme murmeln. Biblimas blieb stehen und drehte sich um.

„Was?", fragte er den kurzen Mann.

„Du brauchst Schlaf!", rief der Mann in den Süden und kicherte.

Biblimas ging weiter. Wenn Biblimas Kaspar verpassen würde, dann könnte er nicht sicherstellen, dass Kaspar nie wieder nach Falkenstein oder Kleiberneim kommen würde. Der Brief musste vom ihm persönlich übergeben werden.

Als er am Westturm ankam, sah er keine Spur von Hermann. Er musste wohl noch irgendwo schlafen. Biblimas ging geschwind die Treppe hoch und stand bald vor der Tür der Kammer, die Kaspar gehörte.

Bitte, sei da, bitte, sei da, widerholte Biblimas in seinem Kopf.

Er klopfte zweimal an der Tür.

Pause.

Er klopfte dreimal an der Tür.

Pause.

Nichts.

Biblimas griff instinktiv auf die Klinke der Tür und zog den Hebel. Die Tür war offen.

Er horchte kurz die Treppe nach oben und nach unten. Als er nur Vogelgezwitscher aus dem Hof hören konnte, öffnete er die Tür, trat ein und schloss die Tür schnell und leise wieder hinter sich.

Der Raum bog sich von der Tür nach links entlang der Außenseite des Turmes, hatte ein Fenster und endete in der Ecke mit einer Holztruhe sowie einer Liege mit zwei Schafsfellen darauf. Auf dem Boden lag ein grober, alter Teppich und an der Wand rechts neben der Tür war eine Fackel angebracht.

Nett, dachte sich Biblimas.

Leider fehlt hier Kaspar.

Biblimas ging durch den Raum. Keine Anzeichen mehr von ihm, seinen Instrumenten oder Kleidern.

Er ist weg.

Ich habe meine Mission erfüllt.

Da war irgendwie viel zu einfach.

Biblimas starrte einige Momente auf den Teppich und drehte sich wieder zur Tür um. Er legte sein Ohr an der Tür an und horchte auf verdächtige Schritte. In diesem Moment fiel Biblimas das Stück Pergament auf, dass neben seinem Gesicht an die Tür genagelt war.

Er versuchte, es genauer zu betrachten. Dann nahm er das Pergament von der Tür und ging zum Fenster, um es besser lesen zu können.

Es war eine Jagdeinladung von König Daniel. Auf der Rückseite hatte eine andere Handschrift eine Notiz hinterlassen.

> *In meiner Zeit auf Falkenstein habe ich so viel gegeben, wie ich konnte, dafür aber schon mehr bekommen als gedacht und will daher weniger nehmen als abgemacht.*

> *Ich habe heute Morgen Falkenstein verlassen. Ich will mich hiermit erklären,*

um in Eurem Hause nicht in Missgunst zu fallen.

Ich bin ein Barde, ein Abenteurer auf der Reise und finde meine Bestimmung und mein persönliches Glück auf der ständigen Wanderschaft. Meine Lieder handeln von unsterblichen Mächten und Geschichten und diese Lieder müssen immer frisch und neu meinem Publikum vorgetragen werden und ihre Gemüter erfreuen wie der erste, süß-saure Apfel des Jahres die Gaumen erfüllt. Alte Barden mit alten Liedern, die sich wie Mühlen im Kreise drehen, warten vergebens auf ihr Glück.

Ich aber will weiter streben und in allen Tagen einen Frühling erleben, den nächsten reifen Apfel vom Baume pflücken und damit mein Publikum entzücken.

Meine Reise geht nun weiter.

Abenteurer sind oft einsam. Aber wir finden die Saat für unser Glück auf der Reise.

Alles Gute an Frau und Volk, in voller
Dankbarkeit,

Kaspar Feuerdahn.

Biblimas blickte aus dem Fenster. Er sah, wie die Sonne des neuen Tages auf die mächtige Eiche schien, die ganz allein vor der Burg stand und dessen Äste im wehenden Wind ihm beinahe provokant zuwinkten.

Abenteurer sind oft einsam?

Kapitel 19

Biblimas stand vor den Überresten des Feuers der Wagenburg. Es war noch früh am Morgen, aber viele der Bewohner waren schon wach. Biblimas hielt den Brief in der Hand, den er selbst mit den Initialen von Kaspar versehen hat. Ihm ist nun klar geworden, dass es in Wirklichkeit seine Liebeserklärung an Justine war.

Sie ist wahrhaftig ein Engel.

Biblimas las den Brief mehrmals durch. Er könnte den Brief noch einmal schreiben, dachte er sich, allerdings mit seinen eigenen Namen und Initialen und könnte diesen dann Justine geben.

Das Leben auf der Burg hat wieder seinen Lauf genommen. Man hörte das Klopfen der Hammer und Meißel, das Quietschen der Achsen. Die blökenden Schafe.

Biblimas starrte auf die Asche.

Abenteurer sind oft einsam.

Justine muss das auch zu Kaspar gesagt haben. Die beiden haben sich scheinbar gut kennengelernt.

Oder vielleicht hat sie diesen Satz von ihm?

Biblimas las den Brief nochmal durch.

Erst dann können wir Abenteurer des Herzens werden
und Abstand davon nehmen,
was unser Herz bisher fesselte.
Dann haben wir auch den Mut,
den ersten Schritt zu machen auf unserem eigenen Weg.

Biblimas blickte wieder auf die Feuerstelle. Er wünschte sich ein loderndes Feuer. Aber alles was er sah, war ein Haufen graue Asche.

Dann schob er mit seinem Schuh die verkohlten Holzreste zur Seite, schaffte dadurch Platz und legte den Brief in die noch heiße Asche. Dann verdeckte er den Brief wieder unter den Holzresten.

Das Pergament fing an zu qualmen. Biblimas war kurz besorgt, weil die Nachbarn sicherlich nicht über den Rauch erfreut sein würden, aber als der Brief plötzlich in Flammen aufging und schnell verbrannte, war der Rauch schon wieder vergangen.

Biblimas beobachtete das kleine Schauspiel.

Der Brief mit Biblimas Worten an Justine wurde zu Asche, verloren für die Ewigkeit.

Biblimas fühlte sich wieder wie er selbst.

Kapitel 20

Das Leben hat Biblimas schon oft gelehrt, dass man besser reist, je weniger man mitnimmt. Zügig hatte er einen neuen Satz Klamotten, einen Schlapphut, seine Lieblingslaute und ein Messer in einem Bündel zurecht gemacht und an seinen Wanderstock gehängt. Er verließ wieder seinen Wagen und fand plötzlich Wilius vor dem Eingang stehend und offensichtlich auf ihn wartend.

Mit beiden Armen verschränkt betrachtete er Biblimas in seiner vollen Ausrüstung von Kopf bis Fuß. Dann sagte er mit einem Grinsen: „Friederich ist sowieso der bessere Barde".

Biblimas schloss die Tür zu seinem Wagen und richtete ein letztes Mal seine Ausrüstung.

Wilius sagte: „Sei dir bewusst, dass die Menschen um dich herum die Inspiration und Motivation für all deine Taten sind, auch wenn du es vielleicht nicht weißt."

Biblimas ging los und fragte beim Vorbeigehen: „Deshalb bin ich ein Dieb und ein Lügner?"

„Hey!", rief Wilius. Biblimas blieb stehen und drehte sich um.

„Du wirst verstehen, was ich meine", sagte er und warf ihm einen Apfel zu.

Biblimas fing in auf und blickte dann erwartungsvoll zu Wilius.

„Was passiert mit Tilius?", fragte Biblimas.

„Keine Sorge, ich kümmere mich schon um die Familie", sagte Wilius und hob die Hand zur Verabschiedung.

Biblimas nickte, hob ebenfalls die Hand und ging los.

Als er die Wagenburg verließ, erwartete er die raue Stimme von Zuzanna seinen Namen rufen. Er ging zügig weiter und gelangte auf den Hauptweg von der Veste zum Burgtor. Er warf einen letzten Blick nach hinten. Weder Wilius, Friederich oder sonstige Bekanntschaften schienen ihn zu beobachten. Von Zuzanna keine Spur.

Biblimas drehte sich wieder um und hielt die Luft an.

Prinzessin Justine war mit ihren Mägden am Brunnen neben dem Eingang der Veste. Ihre Blicke trafen sich. Biblimas rührte sich nicht vom Fleck und auch sie ließ sich nichts anmerken. Er könnte ihr sagen, dass sie und ihr Prinzgemahl in Gefahr sind und gegen beide gearbeitet wird. Aber nichts geschah und beide verloren wieder den Blickkontakt.

Er ging sofort weiter und die Straße hinunter, über die er erst vor zwei Tagen in die Burg gekommen ist. Er passierte die Mauerer und Arbeiter, Bauern und Wirte, die das machten, was sie jeden Tag machten.

Dann sah er das Mädchen wieder, dass er bei der Einfahrt als Erstes auf der Burg gesehen hatte. Sie saß auf einem Hocker vor ihrem Haus und wetzte eine lange Klinge, mit der sie dann den Schafen das Fell scheren wird.

Biblimas lächelte sie an und hob seinen Schlapphut zum höflichen Gruß. Das Mädchen nickte zurück und wandte sich dann mit einem Grinsen ihrer Klinge zu.

Biblimas kam am Tor an, wo wieder dieselbe Wache wie gestern stand, nur konnte man ihm dieses Mal die Überstunden aus der Nacht zuvor noch viel besser ansehen. Und riechen.

„Wohl an, denn, stolzer Ritter, öffnet mir das Tor zur Welt!", rief Biblimas und zeigte nach draußen.

„Das Tor ist doch weit offen, du nichtsnutziger Schleimhaufen!", blaffte die Wache ihn an.

Biblimas nickte ihm freudig zu und stolzierte dann durch das Tor.

Kaspar kann noch nicht weit weg sein. Brölln ist ein zehntägiger Marsch entfernt. Er musste ihn noch vor der Ankunft finden.

Biblimas blickte in Richtung Westen und machte den ersten Schritt.

Die Aussicht war wunderbar.